UN CÍRCULO COMPLETO

UN CÍRCULO COMPLETO

XVIII PREMIO DE NOVELA CORTA ENCINA DE PLATA

BEATRIZ ALCANÁ

Colección Encina de Plata

©: Beatriz Alcaná, 2024.
©: Premium Editorial, 2024.
www.editorialpremium.es

Edición: Premium Editorial.
Diseño cubierta: Premium Editorial.
Imagen cubierta: *Before Vaudevilla Theatre in Paris*,
del pintor francés Jean Beraud

I.S.B.N.: 978-84-128213-4-5
Depósito Legal: SE-2118-2024
Impreso en Andalucía (España).

AYUNTAMIENTO DE

Navalmoral de la Mata

Un jurado presidido por el académico Luis Mateo Díez, e integrado además por el también académico José María Merino, los escritores Luis Landero, Pilar Galán y Gonzalo Hidalgo Bayal y la periodista Rosa María Bautista, otorgó a la presente obra *Un círculo competo*, de Beatriz Alcaná, el **XVIII Premio de Novela Corta Encina de Plata**.

Para David.

Los libros sólo se escriben para,
por encima del propio aliento,
unir a los seres humanos,
y así defendernos frente al inexorable reverso
de toda existencia: la fugacidad y el olvido.

Stefan Zweig

I

A Viviane Vallot ya no le hacía falta ni consultar las agujas de su reloj de pulsera para saber cuándo había llegado el momento de echar a andar por la Rue des Saints-Pères. Si lo estaba haciendo bien, al llegar a la altura del Pont du Carrousel se cruzaría con una mujer de mediana edad tirando del brazo de un niño que se le resistía y le sacaba la lengua. Eso querría decir que no debía apresurarse ni tampoco remolonear; tan solo seguir a su ritmo, deteniéndose un par de veces a curiosear en los puestos de los buquinistas. Tres minutos exactos en uno y dos en otro. No convenía llegar demasiado pronto, pero retrasarse habría sido peor. Eso sí que no podía permitírselo.

Al acercarse a la Rue du Bac, justo antes de llegar a la altura del Pont Royal, haría una última parada. Siempre la asaltaba el temor de que alguien se le hubiera adelantado. Aunque nunca antes había ocurrido, la posibilidad existía. El aleteo de un mosquito en el Trocadero podía provocar que un transeúnte al azar decidiera comprar un libro de segunda mano en la ribera del Sena. Y la sola presencia de Viviane en París aquella mañana de mayo de 1910, por mucho cuidado que le pusiera, suponía una perturbación más importante que la que pudiera ocasionar cualquier pequeño insecto.

Por suerte, tampoco en esta ocasión hubo sorpresas. Allí tenía lo que había ido a buscar, fácil de distinguir por el color burdeos de sus tapas, que destacaba entre el grueso de volúmenes encuadernados en cartón ocre o amarillo. Todos lucían lomos raídos y esquinas dobladas, pero eso no hacía más que acrecentar el encanto de aquella mercancía de lance. ¿Quién podría desdeñar el llamativo relieve de papel que los buquinistas extendían en los muelles de París? Ella no, por descontado. Y eso que le aguardaba una recompensa mucho mayor. Sin levantar la cabeza, tan solo girando levemente el cuello, Viviane miró con disimulo a su derecha y esperó conteniendo la respiración para no precipitarse y echarlo todo a perder. Cuando el caballero que estaba a su lado extendió el brazo para coger aquel libro de tapas encarnadas, ella resolvió que ya podía hacer lo mismo.

Coincidieron las dos manos sobre el lomo del poemario y tiraron hacia arriba a la vez. Resultó un tanto violento que ambos hicieran el intento de tomarlo al mismo tiempo, sobre todo para el hombre, que lo soltó de inmediato y se disculpó. Viviane lo imitó, sonrojándose casi tanto como él. No hizo falta que fingiera en absoluto. Si bajó la mirada, pudorosa, no fue tan solo porque la experiencia le hubiera demostrado que así se ganaría antes la confianza del caballero. De veras se había ruborizado. Eso no había forma de simularlo. Incluso después de tomarse unos segundos para reaccionar, segundos que no necesitaba, tembló al tenderle el libro al presunto desconocido, indicándole con aquel gesto que se lo cedía. Él, como era de esperar, rehusó el ofrecimiento con una sonrisa que, como siempre, la encandiló.

—Por favor, quédeselo, si le interesa.

—Usted lo vio antes.

No era cierto, pero debía aceptarlo. Viviane lo abrió despacio y lo hojeó como si fuera la primera vez que lo leía. En realidad, había trabajado aquel texto en profundidad, verso a verso, analizando el argumento, los temas y el estilo. Habría podido enumerar uno a uno todos los recursos que el autor había elegido para cada poema, explicar con qué intención los había dispuesto y hasta dar razón de por qué había optado por unas estructuras en lugar de otras. Amaba aquel libro y lo conocía al dedillo, pero no fue ese el motivo por el que le pidió al buquinista que se lo envolviera.

—Disculpe que insista: ¿está seguro de que no quiere comprarlo? —le preguntó al caballero, que seguía curioseando en el puesto.

—No, de verdad. En realidad… —El hombre vaciló, como si no estuviera seguro de que lo que iba a decir fuera pertinente—. En realidad, ya lo tengo. Es solo que, al tratarse de una primera edición, me ha traído a la memoria buenos recuerdos. Por eso me dejé llevar y quise echarle un vistazo. ¡Ya ve qué frivolidad! Me alegra que este ejemplar se lo lleve usted.

—¿Tiene otra primera edición? ¿La encontró también aquí, de segunda mano?

—Oh, no. No me hizo falta. Soy lo bastante viejo como para… —titubeó de nuevo—. Soy lo bastante viejo como para que Mallarmé… Para que el autor me lo regalase él mismo.

No era nada dado a presumir, por eso se lo pensó antes de contárselo. Qué ridícula resultaba la gente que

13

se pasaba la vida jactándose de haberse relacionado con hombres ilustres. Él no era así, por supuesto. Y eso que, de haber querido, podría haber alardeado de méritos mucho más sustanciales. Además, a ojos de Viviane, aquel hombre sencillo y afable no era ni mucho menos un viejo. Lo que no podía negar es que tenía edad no solo para haber coincidido con el autor del poemario, que llevaba quince años muerto, sino para haber intimado con él. Los dos habían pertenecido al mismo movimiento literario, aunque solo uno de ellos, el que tenía frente a ella, había vivido lo suficiente como para que los académicos discutieran en el futuro si se le debía incluir en la primera o en la segunda generación de simbolistas francófonos.

—No —negó Viviane con la cabeza, simulando incredulidad —. Se está burlando de mí. ¿En serio conoció a Mallarmé en persona?

—Así es —confirmó algo cohibido.

—Es usted afortunado, entonces. ¡Qué envidia me da! Este poemario es maravilloso. No sé si conoce también *Los dioses antiguos...* ¡Oh! ¿Qué estoy diciendo? Claro que lo conoce.

El hombre volvió a sonreír, ladeando la cabeza y agachándola un poco. Tanto decoro, viniendo de alguien como él, resultaba enternecedor, pero podría haber supuesto un obstáculo para que Viviane se saliera con la suya, de manera que tuvo que empezar a mostrar sus cartas. Aquel caballero jamás habría sacado su identidad a relucir, quizás por considerarlo innecesario o incluso de mal gusto, quizás porque creía que a la señorita no podía interesarle lo más mínimo quién fuese él o a qué hubiera consagrado su vida.

—¿Puedo preguntarle, si no le molesta, ¿cómo era su amigo, *monsieur*…? Oh, ahora me doy cuenta de que estoy entreteniéndole con mi cháchara y ni siquiera me he presentado. Mi nombre es Viviane Vallot.

Le extendió su mano enguantada en delicado encaje rosa. Tendría que esperar con ella en alto hasta que él reuniera la voluntad para devolverle el saludo y, de paso, para pronunciar el nombre que tanto ansiaba escuchar y que daría pie a una pantomima que ya no requería ensayo ni improvisación alguna.

—Es un placer, *mademoiselle* Vallot. Yo soy Gustave Gosselin, su sincero servidor.

Aparentar excesivo asombro no solía salir bien. Era mucho más efectivo entrecerrar los ojos con algo de picardía y asentir levemente, dando a entender que la noticia no la pillaba del todo de nuevas, que no era tan ingenua como habría podido parecer y que algo intuía ya.

—¿Gustave Gosselin? ¿El Gosselin que compuso los *Versos ilusorios* y *Elaine de Corbernic*?

Las mejillas de *monsieur* Gosselin se encendieron como farolillos en Montmartre. Resultaba fascinante que un hombre como él, que ya peinaba canas y que había gozado desde joven de un reconocimiento que rara vez lograban en vida los artistas, se mostrara tan comedido. Algo tenía que ver, por supuesto, que fuera hijo de su tiempo. Faltaban aún tres años para que la Gran Guerra pusiera el mundo patas arriba, echando por tierra los rígidos valores tradicionales y dándoles alas a quienes nunca antes se habían atrevido a mirar al cielo. Para Viviane Vallot, aquel rasgo de su carácter no hacía más que volverlo por completo singular y digno de admiración. El

París de la *Belle Époque* no era el Londres victoriano, y Gustave Gosselin nunca había sido un burgués inmovilista. De joven no solo había alternado con Mallarmé, sino también con Corbière, con Verlaine y con el mismísimo Rimbaud. Había coincidido en las tertulias con extranjeros como Yeats y un jovencísimo Rilke, y había estrenado exitosas obras teatrales en el Théâtre National de l'Odéon y el Théâtre de la Renaissance, cuando todavía lo dirigía la divina Sarah Bernhardt. Gosselin era, en definitiva, un hombre de mundo que había visto de todo y al que nada podía ya escandalizar. Aquella sencillez con la que se conducía no era, pues, fruto de la cortedad ni del puritanismo, sino una virtud innata que solo excepcionalmente florecía en genios como el suyo.

—Ese mismo, me temo. No me diga que es una detractora de mis obras y que se arrepiente de haber cruzado siquiera unas palabras conmigo.

—¿Detractora? ¿Cómo se le ocurre?

Siempre se le ocurría, no tenía modo de evitarlo, lo cual era triste en cierto modo. Pero también le otorgaba a Viviane una ventaja. No tenía que improvisar a cada nuevo derrotero de un diálogo que ya conocía al dedillo, no había lugar para malentendidos ni para sorpresas de clase alguna. El arte de la conversación, en el que nunca había sido particularmente ducha, carecía en ese preciso instante de secretos para ella.

Era una cuestión de hábito. Ya lo había advertido Aristóteles en su día: la excelencia no era una facultad natural, sino que surgía a fuerza de práctica. En el caso de Viviane, de puro ensayo y error. Así había descubierto cuándo era conveniente sonreír y cuándo mostrarse atónita; en qué momento causaba mejor efecto fingirse recatada y en cuál más segura de sí misma; qué temas complacían a su interlocutor y cuáles lo incomodaban. Enmendándose una y otra vez, había llegado a identificar el momento y el tono exactos con los que debía revelarse como una experta conocedora no solo de sus obras, sino también de las que le habían inspirado para escribirlas. Podía impresionarle con su sapiencia sin llegar a intimidarlo ni a antojársele presuntuosa, hablarle de los cinco volúmenes del ciclo de la *Vulgata* artúrica y de su influencia en *Le Morte d'Arthur*, de Thomas Malory, y de por qué prefería —igual que él— el soberbio exotismo de Gustave Moreau a la melancólica imperturbabilidad de Pierre Puvis de Chavannes. Solo así conseguía que, casi sin ser consciente de ello, Gustave Gosselin echase a andar a su lado, de manera que un intercambio casual de disculpas daba lugar, como por arte de magia, a un placentero paseo *à deux* por las orillas del Sena.

Solo después de un buen rato, cuando ya habían dejado atrás el río y los libros de los buquinistas, el bullicio del público rendido a los espectáculos de marionetas y el griterío de los vendedores de refrescos hizo advertir al poeta que se habían adentrado en los jardines de las Tullerías. Un sutil gesto de extrañeza sirvió a Viviane para confirmar que había estado tan sumergido en la charla que ni siquiera se había percatado de ello hasta entonces. Ese habría sido un momento perfecto para dar por concluido un encuentro en apariencia fortuito. De no haber sido por un repentino giro del destino, Gosselin se habría despedido educadamente y nunca más habría vuelto a saber de aquella señorita con la que tanto tenía en común.

Un giro repentino, pero no del todo inesperado. No al menos para la señorita en cuestión, que había dirigido sus pasos hacia la balaustrada de piedra de la entrada oeste. Allí era donde un mercachifle con sombrero *canotier* y blusón azul despachaba limonada a un grupo de jóvenes con porte atolondrado. Reían y alborotaban, ajenos por completo al resto de viandantes. Uno de ellos estuvo a punto de tirarle su refresco encima a un clérigo gordinflón que se apartó en el último segundo, justo a tiempo de esquivar el líquido que iba a derramársele encima. Al echarse a un lado, golpeó con sus rotundas posaderas a un ciclista que daba una vuelta por los jardines y que, al perder el equilibrio, a punto estuvo de llevarse por delante a Gustave Gosselin. De no haber intervenido Viviane, tirando de él para apartarlo del camino, le habría pasado por encima. Al retirarlo de la trayectoria, la bicicleta no encontró obstáculo alguno contra el que estrellarse y el ciclista terminó cayendo al agua del lago.

No hubo heridos por los que lamentarse, solo un poco de algarabía y algunas risas maliciosas entre los muchachos del puesto de limonada.

—¿Está bien? —le preguntó Viviane Vallot a Gustave Gosselin.

Él respondió enseguida que sí, algo violentado por la situación, aunque tranquilo al comprobar que el ciclista había salido del agua por su propio pie, dispuesto, eso sí, a pedirle explicaciones al clérigo que lo había empujado.

—Gracias a usted y a sus reflejos felinos —tuvo que reconocer, e inmediatamente añadió—. ¿Cómo podría devolverle el favor?

Hacerse de rogar habría estado de más. Tenía a Gosselin donde quería, dudando de sí mismo y con la guardia baja. No la juzgaría con dureza si le enseñaba lo que escondía en su bolso de terciopelo verde. Viviane abrió el cierre de baquelita y sacó del interior un libro parecido al poemario que acababa de adquirir, solo que algo más grueso y con las tapas mucho más cuidadas. Sacó, además, un lápiz redondo, de esos que tenían una goma de borrar en el extremo, y se lo tendió junto con el libro, abierto ya por la portadilla. En ella podía leerse el título de la obra y el nombre del autor.

Se trataba, evidentemente, de un ejemplar de uno de sus libretos, que él reconoció de inmediato.

—¿*Elaine de Corbenic*?

—¿Sería tan amable de dedicármelo? Es mi favorito.

—Debe serlo sin duda si lleva siempre un ejemplar encima —respondió Gosselin, algo reticente a dejarse envanecer.

—No lo hago, puede creerme. Este acababa de comprárselo por casualidad a uno de los buquinistas, más o menos a la altura del Théâtre du Châtelet, solo que hasta ahora no me he atrevido a pedirle que me lo firmara.

Aún vaciló antes de coger el lápiz y el libro y estampar su firma en él, pero al final accedió de buen grado y hasta se permitió lo que consideró un exceso.

—¿Está al tanto, *mademoiselle* Vallot, de que dentro de unos días se estrena una ópera basada en este libreto en el teatro de los italianos?

Por supuesto que lo estaba.

—Hace semanas que todas las localidades para el estreno se han agotado, *monsieur* Gosselin, y me temo que no soy abonada a la Opéra-Comique. Solo estoy de paso en París. Me hospedo aquí al lado, en el hotel Régina.

Aguardo la llegada de unas señoritas extranjeras a las que tendré el placer de acompañar a la ópera, aunque me temo que están más interesadas en asistir a otro estreno.

—El de *Salomé*, en el Palais Garnier.

Viviane asintió.

—Demuestran buen gusto esas amigas suyas —bromeó el escritor con modestia, cerrando el libro y devolviéndoselo a su propietaria.

—Si de mí dependiera, asistiríamos a los dos —le aseguró Viviane.

—¿No depende de usted?

—Ya le he dicho que es imposible conseguir asientos para el estreno de *Elaine de Corbenic*, y mucho me temo que solo estaré en París lo que resta de semana.

A Gustave Gosselin se le notó en el semblante que lamentaba de veras la decepción de su joven admiradora. Se debatía internamente acerca de lo que podía hacer y no hacer al respecto sin que se malinterpretaran sus intenciones. Como ella no deseaba en modo alguno obligarle a tomar una decisión precipitada —y de hecho era consciente de que no le convenía hacerlo si no quería frustrar sus planes—, le quitó importancia al asunto, esbozó una sonrisa optimista y le aseguró que no dejaría pasar la próxima oportunidad.

Había llegado, ahora sí, la hora de despedirse. Lo harían con un extraño poso de amargura cuyo origen no resultaba fácil de determinar. No al menos para Gustave Gosselin, en quien *mademoiselle* Vallot había causado una gratísima impresión, pero que no podía disimular la confusión de sentimientos que le había provocado conocer por pura casualidad a alguien con quien parecía, por así decirlo, destinado a encontrarse. Alguien, por si fuera poco, a quien por pura decencia no podía ofrecer demasiadas confianzas.

Se separaron. Él, en dirección a su lujoso piso en un edificio estilo Haussmann de la Place Dauphine. Ella, camino del hotel Régina en el que, en efecto, se alojaría durante algunos días. No había mentido a ese respecto. Tampoco lo había hecho al anunciar que esperaba a otras dos señoritas a las que acompañaría al estreno de la versión de *Salomé* de Strauss. Tenía las entradas bien guardadas en el cajón, bajo llave. Las primeras veces no había resultado nada fácil conseguirlas. El público se moría por ver a Mary Garden en el papel de la princesa idumea. Aunque hacía ya cinco años que se había estrenado en Dresde, el escándalo y la curiosidad continuaban. «Demasiada sensualidad, demasiada crueldad sobre el escenario para un tema bíblico», se habían quejado los críticos más conservadores. A Gustave Gosselin y a sus correligionarios, por el contrario, les complacería. A ellos y a todos los que no habían dudado en hacer cola para asegurarse un asiento en el Palais Garnier.

Al menos aquellas eran unas entradas excelentes, en uno de los palcos laterales, pero bastante centradas. Viviane sabía a quién preguntar y el dinero no era un problema, ya que contaba con todo el que necesitara: fajos y fajos de billetes de cien, cincuenta y diez francos cuya falsedad habría pasado desapercibida hasta al más avispado cajero del Banco de Francia. Los mantenía todos tan a buen recaudo como las entradas. Podría haber utilizado algunos aquella misma tarde para pagar la cena que le sirvieron en el restaurante del hotel, pero habría llamado la atención. No era nada habitual que la clase de gente que recibía un establecimiento como aquel liquidase sus cuentas de esa forma. Y una mujer cenando sola en el Régina ya destacaba lo suficiente. Por eso Viviane pidió que lo sumasen todo a su cuenta antes de levantarse y abandonar el comedor. No tenía intención de liquidarla; no por tacañería, sino porque no habría valido de nada. El poco dinero que gastaba en el hotel era el que repartía a modo de propinas entre camareras, porteros y botones. El que se le acercó al atravesar el *lobby* para regresar a su habitación también esperaba su gratificación. Por eso la asaltó nada más verla.

—¿*Mademoiselle* Vallot? Hay un sobre para usted en recepción.

Siempre lo había, y aun así a Viviane se le dibujaba indefectiblemente un aire de felicidad en la cara. Al abrirlo, ya en su cuarto, encontraría en su interior tres invitaciones para el estreno de *Elaine de Corbenic* y una nota manuscrita en la que Gustave Gosselin se deshacía en disculpas por si el gesto que había tenido con ella y con sus amigas le había parecido un atrevimiento.

Si la cuestión hubiera sido hacerse con entradas para el evento, Viviane no lo habría tenido difícil. Era una experta en conseguir asientos de primera categoría para cualquier estreno, como también lo era cuando de reservar una mesa en el restaurante Maxim's o una *suite* con vistas a la Place des Pyramides se trataba. En eso consistía su trabajo, después de todo. En eso, en acondicionar el terreno para que sus clientes lo pasaran en grande y en tratar de que encajaran lo mejor posible en el París de 1910 sin arruinar la experiencia.

Una vez cumplidos los preliminares, el tiempo restante hasta la llegada de sus clientes quedaba a su entera disposición. Como cada vez le resultaba más sencillo y hasta monótono tenerlo todo preparado, esos momentos en que podía dedicarse por entero a lo que de verdad le importaba se iban dilatando más y más. Por desgracia, nunca bastarían para satisfacerla.

Viviane Vallot se sentó en la cama de su habitación, dejó la nota sobre la almohada y abrió el ejemplar de *Elaine de Corbenic*. Sacó de su bolso el mismo lapicero con el que Gustave Gosselin se lo había firmado y le dio la vuelta para usar la goma del extremo sobre la firma. En cosa de medio minuto ya no quedaba rastro de la rúbrica por la que unas horas antes habría sido capaz de cualquier cosa.

II

Todo resulta excitante para quienes se adentran por vez primera en Saint Germain des Prés. No es para menos. Son los años veinte. París es una fiesta, claro. Pero Denis Dumont toma *lait tacheté* en el Café Les Deux Magots varias veces por semana, almuerza con frecuencia en la Brasserie Lipp y finge beber ron de la Martinica en La Rotonde y en Le Select casi cada noche. La emoción hace tiempo que se esfumó. Además, detesta el ron. Recorre el Barrio Latino una y otra vez con sus clientes y los acompaña al Museo de Luxemburgo, no porque les interese la pintura impresionista, sino para que se crucen con la desgarbada Gertrude Stein. A Denis le disgusta esa mujerona, en buena medida porque sabe que acabará colaborando con el régimen de Vichy, y también porque hay algo en ella que le repugna; un aire de superioridad de lo más enojoso que emana por cada poro de su enorme corpachón.

No puede con ella.

Denis Dumont se cuida mucho de transmitir este parecer a sus clientes, que profesan una admiración incondicional por una individua a la que, en el mejor de los casos, conocen a través de las memorias de Sylvia Beach.

Se limita a sonreír y a recordarles que el éxito de las interacciones no está garantizado, aunque sabe que entre ricos suelen funcionar bien. Ellos se entienden, por mucho que vengan de mundos distintos. ¿Cómo era la frase? «El capital no tiene patria». Ahora tampoco tiene tiempo. Cuando se descubre en medio de estas reflexiones, Denis tiene que recordarse a sí mismo que no es un marxista. No se trata de una convicción filosófica; solo es que ha conocido en persona a Prudhommeaux y a Camus, y también a Sartre, y mientras que los dos primeros le han caído en gracia, al último lo aborrece casi tanto como a la Stein. A fin de cuentas, está en París por dinero, porque no le pagan mal por lo que hace y encima duerme cinco noches seguidas en una habitación del Ritz con vistas a la Place Vendôme; y a él, como a la Stein, también le gusta vivir rodeado de comodidades.

Aunque lo de la comodidad es un decir. Nada en el París de los locos años veinte le resulta cómodo. Para empezar, la lana de los trajes de *tweed* pesa como un demonio y los pantalones de *flannel* le dan alergia. Denis lo echa todo de menos. La ligereza del lino, la versatilidad de la popelina… Y en invierno los cálidos jerséis de cuello alto. Nada de eso se estila entre los desnortados de la generación perdida. No todavía. Ya lo hará. Aunque no para aquellos. Para ellos no hay futuro, solo una inevitable condición de fin y vuelta a empezar.

Al menos no son conscientes de su sentencia. Estos sísifos contemporáneos no saben que ruedan colina abajo una y otra vez porque, al igual que el rey de Éfira, han burlado a la muerte. Lo malo —o lo bueno— es que ni lo intuyen. Denis no envidia su fortuna. Su existencia, en un sentido estricto, ya no es enteramente absurda, porque se la ha dotado de un propósito, por frívolo que este sea. Como buen estudioso de Camus, Denis se pregunta qué vida que no sea absurda merece la pena ser vivida.

Esta vez los clientes —los observadores, como insisten los directivos en que se les debe llamar— son americanos. En este bucle es lo más corriente. De vez en cuando hay ingleses. Chinos y rusos en raras ocasiones. Seis días, cinco noches para una pareja de Carolina del Norte que celebra sus bodas de plata. Él es un entusiasta de Hemingway; ella admira los diseños de Coco Chanel. Los dos resultan irritantes por igual.

La segunda tarde Denis los lleva a cenar a la Brasserie Lipp, donde el hombre se empeña en pedir el especial de la casa, una suerte de *choucroute* con salchichas, carne estofada y patatas que tumbaría a un mulo. Ha leído en algún sitio que era el plato favorito de su héroe y desea emularlo. La siguiente jornada del viaje se la pasará recluido en su habitación del Ritz, aquejado de una merecida indigestión. Su esposa aprovechará la coyuntura para pasear por la Rue Cambon y hacer algunas compras. De poco sirve que Denis le recuerde que no podrá llevarse nada de vuelta con ella.

—¿Ni siquiera un sombrerito?

—Ni siquiera un lazo —tiene que advertirle de nuevo.

Lo mismo le da. Regresa al hotel cargada con boinas marineras, chaquetas deportivas y pulseras de perlas. Le quedan tres días para lucirlas. Luego tendrá que dejarlas en el armario de la suite antes de despedirse de los felices años veinte, aunque a todos los clientes se les desliza algún recuerdo dentro de la maleta. No supone un problema. Con esas minucias ya se cuenta. Las normas están pensadas para quienes caerían en la tentación de traficar con una litografía de Picasso o con una primera edición de *El gran Gatsby*. Cualquier movimiento, inocente en apariencia, que pudiera contravenir las estrictas leyes de mercado de la línea-mundo madre.

—Lo dejaré todo en la suite. Así podrá aprovecharlo la camarera que venga a limpiar cuando nos vayamos —replica la mujer con una magnanimidad impostada.

Denis se limita a sonreír. De nada serviría explicarles una vez más que el bucle se reinicia a las pocas horas de abandonarlo ellos. En parte es mejor así, porque ayuda a mantener la ilusión de que esa línea temporal es la que acabará dando lugar al mundo que conocen. Pero no es así. Quizás esa librería Shakespeare and Company a la que los llevará de visita un par de días más tarde no habría tenido que cerrar por culpa de un oficial nazi contrariado. Quizás, solo quizás, la Gertrude Stein con la que cruzarán unas palabras en el Museo Luxemburgo se lo habría pensado mejor antes de convertirse en una colaboracionista. Quizás el Ernest Hemingway al que invitarán a una copa de *Dry Martini* en Le Dôme habría considerado, años más tarde, que pegarse un tiro no era la solución a sus problemas. Nunca lo sabrían, porque aquella era una línea-mundo sin solución de continuidad. No falsa, no simulada; tan solo finita y artificial, que se iteraría una y otra vez mientras una condición siguiera cumpliéndose: que alguien estuviera dispuesto a pagar una pequeña fortuna a cambio de pasar unos días en un pasado distinto pero paralelo, prácticamente indistinguible del de la línea-mundo original.

La publicidad de la agencia no era engañosa a este respecto. No podía serlo si no querían incurrir en un fraude. Sin embargo, no eran pocos los usuarios que no lo comprendían o no lo querían comprender. Al principio, a Denis le había fascinado la capacidad de sus clientes para aferrarse a una explicación más propia del pensamiento mágico que del científico. Al final, había terminado por dar su brazo a torcer. Si preferían creer que habían viajado en el tiempo, allá ellos. Él, que ni siquiera era físico, entendía que esos saltos temporales descritos en las novelas de H. G. Wells y de Mark Twain eran pura fantasía. Y siempre lo serían, por muy intenso que resultase el deseo de experimentar algo fuera de su alcance.

Lo importante era que, al final de la expedición, los observadores se quedaran con buen sabor de boca. Al abandonar el bucle y regresar a la terminal, un comercial los recibía, les hacía una encuesta de satisfacción y, aprovechando el desconsuelo de la vuelta a casa, trataba por todos los medios de venderles dos semanas en la Cuba de Batista. Muchos repetían con la misma agencia y contrataban para sus próximas vacaciones una experiencia en La Habana, donde ofrecían un paquete especial años treinta que incluía estancia en el Hotel Ambos Mundos y fiesta en El Floridita para hartarse de daiquiris. Denis ya se habría despedido de ellos un rato antes, en el puente de Thorne.

Por desgracia, su trabajo no concluía ahí. Al final de cada periplo tenía que pasar un chequeo médico y rellenar una hoja de control en la oficina de la agencia. Era una labor tediosa de copia y pega; raramente había acontecido nada digno de mención. Luego consultaba el cuadrante del siguiente mes para ver a dónde lo mandaban. Con suerte sería a los primeros Juegos Olímpicos de París, los de 1900. Había visto ya unas doce veces a Frank Jarvis arrebatándole la medalla de los 100 metros lisos a Walter Tewksbury, pero era un recorrido que no exigía demasiada planificación. Bastaba con ingresar en el bucle dos o tres días antes que los observadores para dejarlo todo listo: el alojamiento, los billetes para los eventos y los cambios de última de hora. Pura rutina en un bucle tan trillado. Sabía en qué hotel encontraría habitaciones libres, en qué restaurantes quedarían mesas y cómo conseguir los mejores asientos en la Galerie Nationale du Jeu de Paume para disfrutar de la final de espada entre Louis Perrée y Ramón Fonst. Solía tenerlo a punto en cuestión de horas; luego podía entregarse por entero a la buena vida hasta que llegaba el momento de recibir a sus clientes.

Esta vez, la fortuna no le había sonreído. Denis contempló horrorizado su fecha más temida: 1968. ¿En serio todavía quedaba alguien interesado en las protestas estudiantiles del Mayo francés?

—Míralo por el lado bueno, Denis. Podrás llevar pantalones holgados y jersey de cuello alto.

Tenía gracia que lo dijera precisamente ella, Viviane Vallot, que seguía enfundada en un corsé porque acababa de regresar, como casi siempre, de un bucle extraído de 1910. Ni siquiera se había despojado del aparatoso sombrero con plumas ni de los zapatos de tacón Louis.

—Murió gente allí. Sigue muriendo cada vez que se reinicia. Mayo del 68 debería catalogarse como observación de riesgo extremo.

—Entonces no te permitirían trabajar en ese bucle. No tienes la cualificación necesaria.

—Prefiero cualquier otro bucle.

—Antes era tu favorito.

En eso tenía razón. Antes admiraba a los intelectuales de la Internacional Situacionista, leía con fervor las obras de Pierre Bourdieu y devoraba los documentales de la etapa maoísta de Jean-Luc Godard. Pero eso era antes. Con el tiempo, Denis se había vuelto un descreído. O eso pretendía.

Antes también solía preguntarle a Viviane si quería que la esperase al salir del vestuario para volver juntos en el tren lanzadera que unía la terminal con la ciudad dormitorio en la que se establecían casi todos los trabajadores. Ahora Denis se había cansado de darse a sí mismo oportunidades que nunca llegarían a nada. Prefería hacer el camino de vuelta solo, sentado en la cabecera del tren lanzadera que partía cada media hora desde su módulo hasta la superficie. A Viviane, por el contrario, siempre le habían gustado los asientos del fondo, desde los que podía mirar atrás. Al principio, cuando se habían conocido, Denis había sacrificado sus propias preferencias con tal de compartir unos minutos más junto a su compañera.

Aunque ya nunca se sentaban el uno al lado del otro, a veces seguían coincidiendo a la salida del túnel. Lejos de evitarse, lo más corriente era que retomasen la conversación donde la hubieran dejado un rato antes; en este caso lo lógico habría sido que Denis hubiese seguido quejándose por tener que pasar una semana entera buscando la playa bajo los adoquines de la Rue Saint-Jacques. Pero un asunto distinto había captado el interés de Viviane.

—Cada vez hay más auxiliares de seguridad en la terminal. La lanzadera iba llena.

No le faltaba razón. Eran fáciles de reconocer. Muchos ni se cambiaban los pantalones del uniforme al acabar el turno. Aborrecían su trabajo, tedioso y mal remunerado, y no veían el momento de escapar del subsuelo.

—Es por el bucle fallido.

Viviane movió la cabeza dándole la razón. Llevaban meses oyendo hablar de aquel proyecto tan ambicioso, de la fortuna que en él se había invertido y del fracaso que había resultado al final. Se suponía que aquel bucle sería el primero de los muchos de largo recorrido que se establecerían en París, pero algo no había salido bien y no habían logrado curvar correctamente el segmento extraído de la línea-mundo artificial. Por desgracia, los retazos de tiempo hurtados a la causalidad eran muy sensibles. Estabilizarlos no resultaba sencillo y los errores se producían con más frecuencia de la deseada. Lo de aquel en concreto, sin embargo, había sido un poco más complejo.

—Dicen que se está cerrando del todo.

Esta vez fue Denis el que asintió.

—Eso he escuchado. Quizás deberían plantearse precintar toda la terminal.

A Viviane se le descompuso el gesto.

—¡Qué tontería! ¿De verdad piensas que corremos algún riesgo?

—¿Más de los habituales? —Denis se encogió de hombros, como si tampoco le importase demasiado. No se le escapaba que lo que de verdad temía Viviane no era el peligro que pudiera derivarse de jugar a las canicas con antipartículas, sino la posibilidad de que, en efecto, cerrasen la terminal y suspendieran todas las operaciones—. Solo si a alguno de los auxiliares de seguridad se le ocurre atizarnos con una de esas defensas eléctricas que llevan colgadas del cinturón.

Un poco sí iba metiéndose ya en su papel de estudiante subversivo de Mayo del 68, pero además estaba bastante convencido de que la única razón por la que habían contratado tanto personal de vigilancia era para procurar que nadie se acercase al módulo que albergaba el dichoso bucle, no para socorrerlos a ellos en caso de que se produjera un accidente.

—Quizás solo quieran que dejemos a los ingenieros trabajar en paz, para ver si pueden arreglarlo cuanto antes.

—Quizás —le concedió Denis, solo porque ya habían llegado al bloque de apartamentos en el que vivía y no quería alargar más la conversación.

Hacía tiempo que había tomado la determinación de despedirse secamente de Viviane, sin dar pie a que se crearan situaciones tan impredecibles como aquel bucle que traía de cabeza a los directivos de la terminal. Volver a transitar una y otra vez por la misma senda que no conducía a parte alguna solo le merecía la pena si lo hacía por dinero, y la única recompensa que recibiría si no cerraba esa puerta sería un latigazo en su autoestima.

III

De haber nacido Salomé en la Cólquida, como Medea, en lugar de al sur de Judea, sus faltas se habrían considerado efecto de las flechas de Amor. Pero los evangelistas no fueron con la hija de Herodías tan magnánimos como Homero con la de Eetes. Los crímenes que Medea cometió tuvieron su origen en los dardos inclementes que Eros le clavó en el pecho y que la hicieron enamorarse de Jasón. Según el libreto de Oscar Wilde —en el que Strauss se había basado para componer su ópera—, Salomé no tenía disculpa. No solían tenerla las mujeres de la Biblia, al contrario que las de la mitología clásica.

Viviane, por motivos que nunca había entrado a analizar, se sentía más identificada con la hechicera griega que con la pecadora idumea. La suya era una pasión a la que, por mucho que se hubiera resistido, jamás habría podido derrotar. Absurda, antinatural y tan irrefrenable que cualquier poeta habría tenido que recurrir a un origen sobrenatural para justificarla.

Amaba tanto las artes que había consagrado la vida entera a su estudio. De wagneriana tenía lo justo, así que no le sabía mal admitir que, a su modo de ver, era la poesía la que aventajaba a todas las demás en grandeza. No quería esto decir, sin embargo, que no apreciase la pintura, la danza y, por supuesto, la música. Había perdido la cuenta de las veces que había asistido al estreno en París de la *Salomé* de Strauss, pero seguía disfrutándola como si fuera la primera. Había aprendido a sobrellevar el hecho de que buena parte del público no compartiera su entusiasmo. O tal vez sí, pero no tanto por el espectáculo que se disponían a presenciar como por el evento social que constituía.

En lo concerniente a los observadores a los que Viviane servía de guía —o de mediadora, como preferían denominarlo en la agencia—, había de todo. Algunos no habrían sido capaces de distinguir un aria de un recitativo. Otros procesaban por la música un interés genuino que llegaba a hacerla sentir una impostora. Tenía que recordarse a sí misma, entonces, que estaba allí para ayudarles a desenvolverse en un mundo que no era el suyo, un fragmento de tiempo al margen del tiempo en el que, por mucho que se hubiesen documentado, seguían siendo peces fuera del agua.

Las jóvenes de las que Viviane debía hacerse cargo durante aquellos días no pertenecían ni a la primera ni a la segunda categoría. Eran dos veinteañeras acostumbradas a actuar con naturalidad en bucles larguísimos extraídos de épocas más distantes. Cultivadas, ricas y con cierto saber estar, una de ellas hasta había pasado un par de meses en un bucle extraído del Japón del periodo Edo; una experiencia exclusiva, ya que casi nunca conseguía estabilizarse nada anterior al siglo XIX. La otra había estado ya en tantas ocasiones y en tantos momentos distintos en el Palais Garnier que, de no haber sido por la profunda desgana con la que se conducía, podría haber hecho ella misma las veces de cicerone.

—Vine con mis padres cuando cumplí once años. Era 1893, si mal no recuerdo. Nos sentamos en el palco número cinco. Acababa de leer la novela de Gaston Leroux y pensé que igual vería al fantasma —había dejado caer con una indolencia exasperante—. Lo único que vimos fue una representación mediocre de *Fausto*.

No había sido necesario instruirlas acerca de cómo debían comportarse ni vestirse. Ellas mismas habían escogido los modelos que lucirían: diseños de Paul Poiret, entallados en el pecho y rectos hasta los pies, sin corsé. Una elección audaz, aunque acorde con un momento en el que las siluetas en S y las mangas ahuecadas compartían espacio con las nuevas tendencias, más cómodas y vaporosas. Viviane había podido ahorrarse, además, la acostumbrada contextualización. Estaban las dos perfectamente al tanto de lo que podían esperar.

Bajaron del coche de caballos y se internaron en la Rotonda de los Abonados como quien se planta en el vestíbulo de su propia casa, sin prestar excesiva atención al esplendor que las rodeaba. De haberles sugerido Viviane, como solía hacer con otros clientes, que dedicasen un minuto a contemplar el *Bassin de la Pythie* antes de subir al segundo piso, habrían tenido que contener las muecas de burla. A ella, sin embargo, todavía le costaba no quedarse embelesada ante el nervio y la bravura que la escultora había logrado imprimirle a aquella figura de bronce. Siempre que pasaba por delante se preguntaba si la sacerdotisa de Apolo habría sabido vaticinar su futuro, habida cuenta de que este, paradójicamente, había acabado transcurriendo en el pasado.

Algo sí se entretuvieron curioseando desde lo alto de la escalera, formidable cascada de mármol envuelta en balaústres carmesí. Lo mismo les daban los mosaicos del suelo que las pinturas del techo, los detalles en ónix y cobre de las lámparas que los juegos de bronce y cristal. Lo único que logró captar su interés fue el vaivén de sedas, puntillas, muselinas, tules y crespones de satén que se divisaba desde las balconadas. Un desfile que no tenía nada de casual. Todo era premeditado, como las puestas en escena de Viviane. Quienes llegaban más tarde lo hacían para dejarse admirar por quienes aguardaban arriba. Un muestrario exquisito de la sociedad de la Belle Époque, dividida en clases por completo estancas. Solo si eras alguien notable en París podías permitirte el lujo de apurar hasta el último minuto antes de que comenzase la función. Todo el mundo entendía cuál era el sitio y el turno que le correspondía, y a nadie se le habría ocurrido rechistar. Se notaba que aquella segregación era del agrado de las dos observadoras. Muchos turistas del futuro se sentían embargados por una especie de nostalgia de lo nunca vivido cuando tomaban contacto con prácticas caducas como aquella. Se les antojaba imprescindible, de repente, que les abrieran las puertas de su coche de caballos, que los criados vistieran librea y que las doncellas se levantaran a las cuatro de la mañana para ir caldeando la casa. Daban por supuesto que, de haber nacido entonces, habrían pertenecido al restringido grupo de los privilegiados, y nunca al de los sirvientes.

Seguramente estaban en lo cierto. Después de todo, solo quienes tenían la suerte de su lado podían ordenar a capricho que se diese marcha atrás a las agujas del reloj.

Lo que hacían los mediadores como Viviane no era más que abrirles la portezuela del coche de caballos y, acaso, escuchar los aplausos desde el pescante. El bucle no se activaba para ella, como las chimeneas no se encendían para que los criados entraran en calor. En cierto modo, el vestido de inspiración oriental que la agencia le había proporcionado no era más que una librea, un uniforme del que no podía prescindir para trabajar.

En no pocas ocasiones esta clase de pensamientos ensombrecían el ánimo de Viviane. A veces le costaba desembarazarse de ellos. Otras, como aquella noche, para disipar los nubarrones le bastaba con levantar la mirada. No todo el que era alguien en París aguardaba hasta el final para personarse en la Rotonda de los Abonados. Había al menos una persona que podría haberse hecho esperar sin caer en el ridículo y que, con todo, jamás se permitía no ser puntual. Alto y un poco más flaco de la cuenta, su silueta recordaba a la de un ciprés. Gustave Gosselin pasaba desapercibido entre el piélago de joyas y sombreros de plumas, distraído mientras recorría el pasillo hasta que unos caballeros se percataron de su presencia y le saludaron invitándolo a que se uniera a su animado parloteo.

En momentos como aquel, Viviane agradecía que sus clientes prefirieran que los dejara a su aire. Así podía relajarse y entregarse por entero a examinar cada movimiento de *monsieur* Gosselin. Era este un análisis que no concluía una vez que ya se hallaban sentados en sus palcos. No tenía por qué. Después de haber asistido docenas de veces al estreno de Salomé, se sabía cada aria de memoria. Antes de eso, había tenido que estudiar a conciencia el libreto original de Oscar Wilde y el que había escrito después Richard Strauss. No le supuso un problema: tanto la obra de teatro como la ópera se contaban entre sus favoritas y si la habían contratado había sido, precisamente, por su dominio del tema. También —¿por qué negarlo?— habían jugado a su favor la juventud y la buena presencia.

El asunto era que, de tanto en tanto, sus clientes agradecían alguna que otra apostilla acerca de lo que estaba aconteciendo sobre las tablas. Otras, era ella misma la que veía necesario ofrecerlas, aunque no se las pidieran. No suponía un engorro, ya que todavía no estaba muy en boga lo de permanecer atento y en silencio mientras tenía lugar la actuación. El público comentaba sin pudor lo que le estaba pareciendo, o se ponían a cotillear con sus compañeros de palco sobre cuestiones que nada tenían que ver con la obra. Bebían *champagne* y aprovechaban cualquier excusa para levantarse de sus butacas y dejarse ver de cuerpo entero. Viviane podía ir ilustrando a los observadores sin miedo a llamar la atención.

Muchos de ellos habían contratado la experiencia tan solo para empaparse del espíritu de la Belle Époque, del alumbrado de gas y la cartelería *art nouveau*, de la moda colmada de encajes, brocados, lazos, volantes y diseños floridos, de los bailes de cancán y los vapores de la *Fée Vert*. No eran pocos los que no sentían la menor inclinación por la música ni las artes escénicas, y habían querido incluir en el servicio la visita al Palais Garnier al enterarse de que había sido en 1910 cuando Gastón Leroux había publicado *Le Fantôme de l'Opéra*. Una vez allí, sin embargo, casi todos deseaban enterarse de qué iba *Salomé*, y la mediadora debía saciar sus ansias de conocimiento, aunque lo hiciera sin dejar de mirar de soslayo a Gustave Gosselin.

No hizo falta aquella vez. Las señoritas a las que escoltaba entendían de arte tanto o más que ella misma. Una se incorporaría en breve a la Saito Kinen Orchestra de Matsumoto como violinista. La otra acaba de doctorarse en Humanidades Digitales en la universidad de Nueva Gales del Sur. Las dos habían disfrutado de una educación exquisita, del tipo que solo puede adquirirse a golpe de dinero viejo y contactos. Para ellas, habituadas a moverse en bucles prohibitivos con mediadores mucho más cotizados que Viviane, pasar unos días en el París de principios del siglo XX constituía una escapada insulsa. En las instituciones en las que la gente de su clase se formaba, todos los planes de estudios incluían estancias de al menos un semestre en algún periodo histórico relevante. Algunas hasta contaban con sus propios bucles, gestionados por técnicos y mediadores de primer nivel que cobraban sueldos de ensueño. Viviane lo sabía porque, años atrás, se había postulado para uno de aquellos empleos. No lo había hecho por el dinero. Habría sido feliz trabajando gratis en un bucle que le hubiera permitido, por ejemplo, vivir seis meses seguidos en 1877.

De todas formas, no había conseguido el puesto. Así, había terminado sentada tres o cuatro noches al mes en un palco lateral del Palais Garnier, acechando a un poeta que permanecía tan pendiente de la tragedia del santo Jakanaán y la princesa Salomé como ella de él. *Monsieur* Gosselin había sido uno de los más recalcitrantes defensores de la obra, primero en su versión teatral y más tarde en la operística. Las dos habían sufrido la censura y no habían podido estrenarse ni en Londres ni en Viena. París era otro mundo, pero ni aun así había evitado el escándalo. Mary Garden, la soprano que interpretaba a la protagonista, al menos había accedido a interpretar la controvertida danza de los siete velos, que algunas otras artistas se habían negado a ejecutar. Lo había hecho, eso sí, embutida en una prenda de seda que la cubría de los tobillos al cuello. Ningún reparo había puesto, por otra parte, a besar la cabeza decapitada del Bautista al final de la obra, clímax este que había conseguido en Dresde que más de la mitad del auditorio estallase en abucheos.

A pesar de que a aquellas alturas a nadie podía cogerle de sorpresa el tono de *Salomé*, todavía se escucharon algunos comentarios airados en el Grand Foyer después de que la princesa, prendada del profeta, intentara en vano seducirlo. A Viviane le interesaba más aquella lectura del pasaje bíblico que la tradicional. ¿No habría tenido así mayor fundamento la cruel petición de Salomé a su padrastro? En la versión de Oscar Wilde, quien curiosamente se había convertido al catolicismo poco antes de morir, la princesa no demanda que ejecuten a Jokanaan porque la incite a ello su madre, sino por puro despecho. Está enamorada del Bautista y él la desprecia. Por eso besa su cabeza cuando se la entregan.

No tenía nada de extraño, por aquel entonces, que los asistentes a la Ópera de París salieran a fumar o a tomar algo durante los descansos. Tampoco que lo hicieran antes o después, sin importarles que la Garden todavía estuviera tratando de encandilar a Jokanaán. Viviane, por su parte, pertenecía a otra época, por mucho que amase

40

aquella en la que no dejaba de ser forastera, y le habría costado levantarse del asiento antes de la pausa. Tampoco tenía sentido para ella hacerlo en otro momento, ya que solo había dos razones por las que salir al Grand Foyer. La primera era mostrarles a sus clientes el espectacular vestíbulo, punto de encuentro en el que criticar o enaltecer tanto a los artistas como a cualquiera que uno considerase merecedor de ello; una joya de la arquitectura, una pura ilusión óptica de luces y espejos que disfrazaba de interminable un pasillo que en verdad superaba por muy poco los quinientos pies de largo. Constituía —y esto era lo que realmente cautivaba a Viviane— una declaración de amor a un arte pretérito. Diseñado a finales del siglo XIX, conseguía transportar a quien lo recorría al XVII o al XVIII. A su primitiva manera, el Grand Foyer era también una especie de bucle extraído del esplendor versallesco, flexionado con esmero y desplegado dentro de un tiempo y un espacio distintos a los que le correspondían.

La segunda razón por la que Viviane abandonaba el palco era para acercarse al Salón du Soleil, desde el que se accedía a la rotonda del glaciar, como se conocía a la sala circular en la que se dispensaban toda clase de bebidas, incluidas deliciosas naranjadas como la que estaba degustando Gustave Gosselin. Sus amigos habían preferido estirar las piernas en el fumadero, pero él no era aficionado al tabaco. Una rareza para la época.

—¡*Mademoiselle* Vallot!

La alegría al reconocer su rostro entre el gentío era sincera, por eso nunca lo saludaba ella antes. Dejaba que la viera para que se le perfilase una sonrisa en la cara y, solo entonces, atravesaba el Salón du Soleil.

—*Monsieur* Gosselin.

Quizás cualquier otro caballero se habría deshecho del vaso de naranjada, preocupado por la impresión poco viril que podría causar al haberse decidido por un refrigerio más del gusto de las damas. Los hombres, en la rotonda del Glaciar, se inclinaban por las bebidas espirituosas o, si acaso, por el café. No fue el caso.

—Querría darle las gracias…

—Recibí su mensaje…

Se pisaron las palabras el uno al otro y, como consecuencia de ello, se echaron a reír al advertir lo ridículo de la situación. Ella quería agradecerle el detalle que había tenido al regalarle las invitaciones. Él quería que supiera que había llegado a sus manos la nota en la que le transmitía ese mismo sentimiento. Lo normal era que, tras un breve titubeo, entablaran una conversación distendida sobre las sensaciones que les estaba generando la actuación de la Garden: impecable a los ojos de Gosselin, inspiradísima a los de su nueva amiga. No contaban ninguno con que se les unieran dos espectadoras dispuestas no solo a manifestar su opinión, sino a contradecirles sin miramientos. Se vio Viviane en la tesitura de tener que presentarle a sus dos clientas, aunque se cuidó de no llamarlas así.

—*Monsieur* Gosselin, estas son *mademoiselle* Singh y *mademoiselle* Arai, las dos damas de las que le hablé y a las que estoy acompañando durante su estancia en París. Señoritas, este es *monsieur* Gosselin, el gentil caballero a quien debemos la invitación al teatro de l'Opéra Comique.

Perfectamente capaces de comportarse de acuerdo con los modales imperantes, las dos jóvenes se incorporaron a un coloquio que Viviane habría anhelado privado.

Por lo menos no parecía que fueran a dejarla en mal lugar ni a desarmar el montaje que con tanta meticulosidad disponía cada vez que ingresaba en aquel bucle.

—¿No es de su agrado Mary Garden? —le preguntó Gustave Gosselin a la señorita Singh después de que ella expresara cierto descontento con un mohín.

—Encontré muy superior a Marie Wittich cuando la vi interpretar a Salomé en Dresde.

—¡Oh! ¿Tuvo usted la suerte de disfrutar de la voz de Marie Wittich? Es portentosa, ¿verdad? ¿Fue en Semperoper, en el estreno? Debía ser usted casi una niña— aventuró Gosselin, sorprendido, pues de aquello hacía ya cinco años, aunque acaso ella hubiera estado allí tan solo unas semanas atrás.

—*Ich habe in Dresden studiert* —le aclaró la señorita Singh, sin faltar a la verdad y en un alemán pulcrísimo.

—*Ich habe auch in Deutschland studiert. In Jena* —le respondió el poeta en la misma lengua.

El alemán de Viviane no era muy fluido, pero le alcanzaba para entender lo que estaban diciendo. Además, ya estaba al tanto de que Gustave Gosselin, debido a su interés por el círculo de Jena en general y a su pasión por Novalis en particular, había pasado en Alemania parte de su juventud.

—¿Sabe? Planeo para después del verano una estancia de investigación en la región de Turingia, en Weimar. Tengo una tesis sobre pintura mural en marcha y me apetece empaparme del espíritu de Kandinski y de la Bauhaus.

A la mediadora se le heló la sangre en las venas al escuchar a la joven. ¿A qué estaba jugando la señorita Singh?

Faltaba aún una década para que Walter Gropius fundase la Staatliche Bauhaus, e incluso un poco más para que Vasili Kandinski empezase a impartir docencia en ella. ¿Había olvidado de repente las reglas, o es que pensaba saltárselas a su antojo? Por fortuna, no fue necesario inventarse ninguna excusa con la que justificar el anacronismo en el que había incurrido su clienta. O bien Gustave Gosselin lo pasó por alto, dando por hecho que se trataría de algún novísimo movimiento del que no había oído hablar, o bien consideró que ya había llegado el momento de regresar a su palco. Se despidió cortésmente de las damas después de preguntarles si las vería en el estreno de *Elaine de Corbenic*, a lo cual respondieron las tres que sí muy risueñas.

Tan pronto como su benefactor se dio la vuelta, a Viviane se le mudó el gesto.

—Señorita Singh, ¿qué pretendía usted al mencionar la Bauhaus delante de *monsieur* Gosselin?

Ni Iris Singh ni su amiga, Hana Arai, dieron muestras de tomarse en serio la regañina de su mediadora. Les hacía gracia que le diera importancia a un detalle tan tonto y no se molestaron en ocultar sus razones.

—¿Qué más da? Él no sabe ni de qué le estaba hablando.

—Ese es el problema —recalcó Viviane—. Si no respetamos las normas y nos atenemos al código de este bucle, podríamos perturbar su correcto devenir. Gustave Gosselin no es un vendedor de periódicos con el que se hayan cruzado al salir del hotel; es un intelectual, un académico, un poeta reputado. Mencionar la Bauhaus podría hacerle sospechar más adelante…

—¿Más adelante? —la interrumpió casi con malos modos—. ¿Cuándo? Este bucle no tiene un «más adelante». Es una pura anécdota. Se acaba en cuestión de días y todo desaparece hasta que lo reinicien. ¿Qué más da de qué le hable a Gosselin, quien, por cierto, es un autor de tercera al que nadie recordará en el futuro? Podría explicarle que dentro de cuatro años estallará una guerra mundial, que el hombre llegará a la Luna y que en el siglo XXI se descifrará el genoma humano, y daría lo mismo, porque le quedan cinco días por delante antes de que todo se esfume.

—Cinco días en este bucle y apenas unas semanas en su época. ¿No murió de un ataque al corazón al poco de estrenarse esa ópera para la que nos ha regalado invitaciones? —preguntó Hana Arai sin inmutarse, como si en lugar de a un hombre de carne y hueso estuviera refiriéndose a un personaje de ficción.

Viviane asintió con la mandíbula candada y un escozor feroz subiéndole por la garganta. Regresó a su butaca sin dirigirse ni una sola vez más a sus acompañantes y, justo antes de que la Garden declarase su amor incondicional por Jokanaan, volvió la mirada hacia el asiento en el que se hallaba sentado Gustave Gosselin.

Cinco días en este bucle y apenas unas semanas en su época. La señorita Arai no se había equivocado. Eso era todo lo que le quedaba por delante.

IV

Pocos guías con la experiencia y el don de gentes de Denis continuaban en una agencia tan modesta después del primer año. La rotación de personal era alta, como en casi todas las que trabajaban paquetes de corto recorrido, porque enseguida les ofrecían mejores condiciones en otras de más postín, orientadas a una clientela con un poder adquisitivo mucho más elevado y que podía permitirse no solo breves escapadas para hacerse una idea de cómo había sido el pasado, sino permanecer en él durante meses enteros o a veces años, tal y como habían hecho siempre las clases adineradas.

Las estancias de unos pocos días se habían inventado para dar respuesta a la necesidad de los no tan prósperos de experimentar durante unos pocos días, quince con un poco de suerte, eso de lo que los venturosos gozaban permanentemente. Los bucles escindidos eran las nuevas playas de Biarritz. Quien podía permitírselo pasaba sus buenas temporadas en los más largos, que por regla general había costado horrores estabilizar. Los demás se conformaban con contratar estancias más breves: un fin de semana para ser testigo de las cargas policiales durante la noche de las barricadas en mayo de 1968, seis días en el París de Hemingway o una semana para disfrutar de la Belle Époque en todo su esplendor. Lujos miserables para los que había quien se pasaba el resto del año ahorrando. Cuando se puso sobre la mesa la posibilidad de explotar por puro ocio los bucles artificiales, muchos se llevaron las manos a la cabeza. No podían creer que a uno de los más grandes logros científicos de la humanidad fuera a dársele un uso tan frívolo. A Denis, que por aquel entonces era poco más que un niño, no le sorprendió. De aquellas estaba obsesionado con otra clase de viajes, los que siglos atrás habían llevado a cabo navegantes mucho más intrépidos. Precoz —tal vez demasiado precoz—, antes de cumplir once años ya había leído las biografías de Américo Vespucio y de Fernando de Magallanes. Le pegó después por la exploración polar y dio, sin conciencia de ello, el que sería el primero de muchos saltos en el tiempo, porque a continuación serían las hazañas de John Ross las que coparían sus sueños. Y no solo las hazañas, sino también los fracasos. Algo se intuía ya en el Denis adolescente de lo que habría de ser el joven adulto, atraído sin remedio por la mística de los perdedores. De todas las expediciones, su favorita siempre fue la que había comandado el capitán John Franklin en 1845, acaso porque no pudo resultar más desastrosa. Los restos de su buque yacían en las gélidas aguas de la isla del Rey Guillermo, en el norte canadiense. Las cartas, los mapas y hasta los diarios habían permanecido intactos durante siglos gracias a los mantos de sedimento, al frío y a la oscuridad.

Denis soñó con hacerse arqueólogo, enfundarse un traje de buzo y sumergirse en aquellas aguas para desentrañar los misterios que todavía encerraba el viejo cascarón de hierro y madera. El primer chasco de su vida se lo llevó al enterarse de que hacía ya varias décadas que el pecio se había convertido en una atracción turística para oligarcas eslavos. Bastaron unos cuantos veranos para que lo echaran todo a perder, incluidas las piezas de vajilla y las botellas del comedor de los oficiales, con las que se hacía negocio al venderlas como recuerdos. ¿Por qué iba a ser distinto el destino de aquellos bucles arrancados a las nuevas líneas temporales?

No quedaba nada que rescatar de las profundidades del Ártico y pronto no quedaría tampoco nada de las del tiempo.

Denis nunca sería arqueólogo. Estudió Filosofía, se sacó la licencia de mediador observacional y empezó a trabajar en Londres acompañando a entusiastas de la época victoriana. Tal era la demanda de morbosos decididos a jugar a detectives y averiguar la identidad de Jack el Destripador que, apenas volvía de pasar una semana en el Whitechapel finisecular, ya le esperaba otro servicio del mismo estilo. Aquella moda no duró mucho. Tras revelarse la decepcionante verdad acerca del asesino más famoso de la historia, hubo que reinventar el producto para otra clase de público; uno que mostraba síntomas muy peculiares al poco de regresar. Dolor de cabeza, fiebre, inflamación de los ganglios y lesiones ulcerosas en los genitales. Las prostitutas del East End decimonónico no podían exigirles ningún tipo de profilaxis a sus clientes. Tampoco podían denunciarlos cuando se propasaban con ellas. Aquellos bucles acabaron por convertirse en tierra de nadie, agujeros sin ley en los que todo estaba permitido porque en ellos el futuro había sido mutilado.

Carecían de un mañana, y sin mañana no había consecuencias por las que temer. No más allá de la sífilis y otras enfermedades venéreas, amén de un sinfín de ladillas y piojos que los mal llamados observadores se traían con ellos de vuelta, pero que en el presente podían tratarse con penicilina y malatión.

Para cuando se dieron los primeros casos de *copycats* del destripador, Denis ya había firmado su renuncia. También allí, como en el Mayo francés, moría gente cada vez que se reiniciaba el bucle. Que se les hubiera arrebatado el porvenir no quería decir que su sufrimiento no fuera real. De hecho, era incluso peor, porque aquellas personas estaban condenadas a revivir los mismos acontecimientos una y otra vez, sin más alteraciones que las provocadas por los caprichos de sus clientes. Y no eran solo los acontecimientos. Lo que atormentaba a Denis era que incluso sus ideas y sus emociones se repetían sin que pudiera hacer nada para impedirlo.

—Igual nosotros también estamos atrapados dentro de un bucle artificial y no somos conscientes de ello —había llegado a plantearle a Viviane una noche, en la cama, antes de asumir que lo suyo tampoco tenía futuro.

—No. Imposible —había desechado ella la posibilidad.

—¿Cómo puedes estar tan segura? —quiso saber él.

—Porque solo en la línea-mundo original se han generado bucles. Y nosotros tenemos bucles, así que estamos en la línea original.

En eso Viviane llevaba toda la razón. Los efectos cuánticos naturales no generaban líneas temporales alternativas alegremente en cada punto del espacio-tiempo. Había que crearlas y después extraer el segmento que daría lugar al bucle. Por eso la línea original era siempre la más avanzada y no podía explorarse el futuro. Por eso y porque algo así habría implicado un verdadero viaje en el tiempo, y viajar en el tiempo era del todo imposible.

—Quizás eso fuera así en el momento en el que se escindió la línea temporal de la que extrajeron el bucle en el que vivimos, pero no necesariamente después. A lo mejor lo crearon cuando ya existían los puentes de Thorne y por eso aquí ya tenemos bucles. ¿Te imaginas? Viajar a un pasado en el que ya se podían visitar otros anteriores.

Discurría, como de costumbre, sin tomarse demasiado en serio a sí mismo, solo por no estar en silencio. Viviane no solía seguirle la corriente.

—No te pongas metafísico —terminó por sugerirle.

Para ella resultaba fácil. El tema de su tesis eternamente pospuesta era la recepción del ciclo artúrico de *La Vulgata* en el teatro modernista francés. Lo suyo era la literatura: el arte de la expresión verbal. Denis, por su parte, había estudiado Filosofía. Aunque nunca había podido centrarse en ningún campo o autor en particular, cautivado ora por la hermenéutica, ora por el pragmatismo, seguiría poniéndose metafísico por mucho que a Viviane le molestara.

Pero no fue ese el motivo por el que dejaron de verse después del trabajo.

Que ella era una excéntrica saltaba a la vista nada más conocerla. Eso nunca le supuso un problema a Denis. Al contrario. Encontraba graciosas las pequeñas manías y peculiaridades de su compañera. Con algunas hasta se identificaba. Por ejemplo, los dos compartían el mismo gusto por la historia y por el arte, aunque esto resultaba común entre los mediadores observacionales. La mayoría eran historiadores, filólogos o traductores. Tampoco resultaba extraño que sintiera debilidad por las películas antiguas y por los obsoletos libros de papel. A Denis se le enterneció el corazón la primera vez que subió a su buhardilla y vio en su escritorio, en un atril de madera, una especie de enciclopedia abierta. Viviane tomaba a mano las notas para su tesis, subrayaba con lápiz y borraba con goma. Hacía décadas que nadie usaba otra cosa que no fueran archivos digitalizados. Ni siquiera Denis, pero ella, por alguna razón, prefería aquellas antiguallas. No era una ludita; tan solo una romántica.

Allí pasaba su tiempo libre, escarbando en libretos y manuales viejísimos que adquiría en las escasas librerías de lance que todavía trabajaban el género. También, cuando podía, echaba mano de su carnet de investigadora de la Sorbona y hurgaba en archivos y bibliotecas. Lo ideal, dado el tema de su tesis, habría sido pasar una temporada en algún bucle extraído de finales del siglo XIX, empaparse del movimiento simbolista y tratar de averiguar por sí misma qué empujó a aquellos artistas a divagar por espacios tan ajenos a la realidad. Por desgracia, Viviane no contaba con los medios para costearse algo así, y tampoco había conseguido que le concedieran ninguna beca por más que lo había intentado. La suya no era una línea de investigación a la que algún inversor pudiera sacarle beneficio económico.

Se conformaba, en consecuencia, con desperdiciar su talento paseando a turistas semileídos por un esqueje del París de la Belle Époque y con vivir rodeada de tarlatana y papel en una buhardilla cochambrosa que le costaba el doble de lo que habría pagado por un estudio domótico como los de sus compañeros. Podía irradiar su encanto —en teoría— aquello de haber alquilado un cuchitril de quince metros cuadrados con vigas de madera vistas y techos inclinados en lo alto de un edificio deslucido, en lugar de un apartamento en un bloque aséptico e impersonal. En la práctica, la realidad se imponía: comparado con los nuevos espacios residenciales, no podía resultar más inconveniente. En verano era un horno y en otoño el moho campaba a sus anchas por las esquinas. Las persianas de los tragaluces no cerraban bien y los grifos, que ni siquiera funcionaban con sensor, goteaban todo el rato.

Lo que no podía negársele era que le había sacado todo el partido posible, al menos en el plano estético. Las alfombras de estilo persa —todas de imitación— les conferían cierta calidez a los suelos de terrazo, del mismo modo que las macetas con helechos y peperomias colgadas de los salientes le insuflaban una pincelada de vida a un espacio por lo demás sombrío. Distinta función cumplían las reproducciones de cuadros y carteles que Viviane había enmarcado y dispuesto en las paredes. No estaban allí para decorar, sino para subrayar el objeto de su pasión.

De impresionismo Denis entendía lo suficiente como para no defraudar a los admiradores de Monet. De pintura victoriana, por el contrario, no sabía prácticamente nada. No le había hecho falta para trabajar en Whitechapel. No eran lienzos al óleo lo que buscaban sus clientes en aquellos sórdidos callejones. Con todo, algunas de aquellas láminas le sonaban. No era tan ignorante como para no reconocer *La dama de Shalott*, de Waterhouse, por ejemplo. Por otras tuvo que preguntar. Viviane le explicó, paciente, que la que tenía sobre la cama, de un tal Joseph Noel Paton, representaban al joven caballero Gallahad. Otra era una copia de *La hija del rey Pelles*, de Frederick Sandys. Su favorita, no obstante, no era ninguna pintura prerrafaelita, sino un cartel en el que se anunciaba, con letras amarillas de imprenta, el estreno de una obra de teatro llamada *Elaine de Corbenic*. Era un poco más moderno, de principios del siglo XX, y se notaba ya la influencia de las vanguardias.

La tesis de Viviane giraba en torno a aquella pieza, que la había obsesionado desde pequeña. Había leído todos los libros del autor siendo una niña, incluidos sus oscurísimos poemarios. La precocidad era otro de los rasgos que compartía con Denis. Uno de tantos. Quizás fuera nostalgia, y no otro sentimiento, lo primero que se despertó en él al compartir los recuerdos de una infancia tan semejante a la suya. Pero los sentimientos cambian, de la misma forma que lo hacen las personas. Por eso Denis sintió una punzada de celos en el estómago cuando, medio en broma medio en serio, Viviane le confesó que su admiración había rebasado lo meramente literario y que había terminado prendándose del poeta.

—Con doce años estaba tan enamorada que me pasaba las tardes llorando porque, ya sabes, llevaba más de cien años muerto —le había confiado con una sonrisa, sin concederle importancia—. Con la edad se me pasó, faltaría más, pero, desde un punto de vista puramente académico, sigo obsesionada con esa obra. Como Perceval con el Grial.

Mentía. No era solo la obra lo que la obsesionaba.

—O como Elaine de Corbenic con Lancelot —había terminado por dejar caer Denis, no sin cierta sorna.

Más tarde se arrepentiría de haber hecho aquel comentario perverso. Lo había motivado la envidia que se había apoderado de él al ir reparando, noche tras noche, en algunos detalles que acabarían por atormentarlo. El primero había sido la enciclopedia que siempre permanecía abierta por la misma página en el atril de madera. Comprendió que no era por una estrofa que estuviera analizando ni por la imagen de algún cuadro prerrafaelita de especial relevancia. Si no pasaba la página era por el retrato que ilustraba, en la esquina superior izquierda, la entrada sobre el escritor que tantos desvelos le había ocasionado en la tierna adolescencia, y quizás —casi seguro que sí— en la adultez.

Un segundo detalle había martirizado a Denis durante semanas y finalmente lo había llevado a distanciarse de Viviane. *Distanciarse* era la palabra correcta, porque en realidad nunca habían hecho otra cosa que acercarse el uno al otro, como se acercan los erizos entre ellos cuando el frío no les deja otra opción, por mucho que las púas acaben por clavárseles en sus cuerpecillos hasta lastimarlos. También Denis, como los erizos, había salido lastimado al no ser capaz de borrar de su mente la sospecha de que Viviane nunca quería dejar las luces encendidas cuando hacían el amor porque así le resultaba más fácil no pensar en él, sino en el muerto.

Fue de agradecer que ella nunca le pidiera explicaciones. No era bueno fingiendo y la verdad se le habría quedado atascada en la garganta como una nausea persistente. También agradeció que la relación de cordialidad no se deteriorase. Si no hubiera cometido el error de enamorarse, Denis habría sido feliz cultivando aquella amistad. Pero no quería levantarse cada mañana con una nueva púa clavada en su amor propio, de manera que no volvió a pisar la buhardilla y recuperó la costumbre de quedar con otros colegas al salir de la terminal.

Era lo que hacían casi todos. Mediadores como él, técnicos, ingenieros y de últimas bastantes guardias se reunían en las franquicias de moda y bebían y comían mientras socializaban de la manera más insustancial, sin riesgo de lastimarse. Al menos él ya no correría ese riesgo. Y no era tan egoísta como para hacérselo correr a otras personas. Por eso seguía marcando distancias con cualquiera que mostrase un interés sincero. Las relaciones para Denis se volvieron como los locales de la antigua lonja a los que iba a tomar algo cuando no estaba trabajando: predecibles e impersonales. En el fondo, no se quitaba de la cabeza la idea de que aborrecía aquel estilo de vida. Muchos lo habrían envidiado, para empezar porque ganaba un sueldo decente, y también porque pasearse de bucle en bucle era algo que muy pocos que no fueran ricos podían permitirse.

Denis se había resignado, pero tenía la sensación de haber rozado con la punta de los dedos algo distinto, tórrido en verano y húmedo durante el otoño. Genuino. Algo que echaba de menos, buena gana de negarlo.

Como una de las trasnochadas tascas de barrio con barras grasientas que habían echado abajo para abrir la enésima coctelería de diseño, su vida había pasado de imperfecta a intrascendente.

V

Costaba concebir un estilo más apartado del de *Salomé* que aquel.

En *Elaine de Corbenic* no había rastro de grandilocuencia ni de emociones desatadas, lo cual no quería decir que no jugasen un papel determinante en la historia. Las pasiones estaban ahí, por supuesto, y eran las que forzaban a los protagonistas a proceder como lo hacían; pero aquella era una obra eminentemente simbolista y, en consecuencia, debían intuirse, señalarse si acaso, deducirse de un gesto o de una frase que se repitiera al final de cada acto.

Todo se sugería; nada se mostraba. No era necesario, porque la clave residía en los aspectos menos comprensibles de la realidad. Así se lo había propuesto Gustave Gosselin al escribir la pieza teatral años antes, y así se había hecho también con la operística, que ponía el énfasis en la aflicción moral de los personajes, más que en sus acciones. La tragedia de la princesa de Corbenic solo podía acontecer en un mundo de leyenda, y para trasladar a los espectadores a ese rincón arcano se había abierto un camino grave y sombrío señalado por las cuerdas y los vientos, y también por las reiteradas alusiones al suplicio que mortificaba a la desdichada protagonista. Elaine, al igual que Salomé y que Medea, bebía los vientos y los elementos por un hombre que no la correspondía.

Pero la Doncella del Grial, como también se la conocía, no era una pecadora libidinosa ni una hechicera vengativa. La culpa no podía recaer sobre una doncella tan pura, ni tampoco en las flechas de un dios pagano. Había sido la fatalidad la que la había convertido en el instrumento de sus propósitos.

La primera versión de la historia que había caído en las manos todavía infantiles de Viviane Vallot había sido, precisamente, la de Gustave Gosselin. La había encontrado en la única biblioteca que aún quedaba en pie en su prefectura. Hacía décadas que nadie tomaba en préstamo aquel libro y, a juzgar por la capa de polvo que cubría el lomo, tampoco debían haberlo movido de la balda en la que lo habían abandonado a su suerte. Afirmar que fue ella la que lo encontró acaso resulte imprudente; más bien se diría que fue el libro el que encontró a la niña. Tenía las tapas forradas en tela verde sacramento y su estado dejaba bastante que desear. No era extraño que muchos de aquellos libros mostrasen signos de deterioro, con las esquinas arrugadas y a veces desencolados o descosidos. Aquella biblioteca —tan modesta que ni desbaratarla habría merecido la pena— se había nutrido de los expurgos de otras que sí habían ido cerrando.

A Viviane le daban igual las páginas amarillentas y la tinta oxidada; prefería con mucho los libros viejos a los modernos. Creía que podían tener algo fascinante, algo de lo que carecían los volúmenes con hojas de papel estucado, tan limpio y luminoso, pero que a ella le costaba imaginar en una de aquellas novelas decimonónicas que, sentada a los pies de su cama, devoraba cada tarde. Aquel libro en concreto, aquel *Elaine de Corbenic*, la había cautivado antes siquiera de abrirlo. Luego, una vez que lo apoyó en sus rodillas y se sentó en el suelo a hojearlo, la fascinación fue completa. No la desalentó el hecho de que estuviera escrito en verso, ni tampoco la abundancia de antítesis y de metáforas. Era pequeña, no tonta. Además, el libro contaba con un añadido que lo volvía aún más sugerente: las ilustraciones, todas en blanco y negro y muy estilizadas, que representaban pasajes del texto. En la primera podía observarse al rey Pelles con su hija, Elaine; en la segunda, a la infame Morgana espiando a la princesa, envidiosa de su belleza. Se sucedían, uno tras otro, los pasajes de la leyenda: sir Lancelot rescatando a Elaine de una tina de agua hirviendo; Elaine cayendo enamorada de su salvador y rechazada por él; Elaine aceptando desesperada la ayuda de su nodriza para engañarlo... Siempre Elaine. Por algo daba nombre a la tragedia.

No dejaba de ser triste la historia de la pobre doncella, como tristes eran también las de Salomé y Medea. Pocos tormentos conoce un alma enamorada que superen el de no ser correspondida. La niña Viviane todavía no había padecido en sus carnes los sinsabores del desamor, pero no pudo soltar el libro hasta que no lo terminó. Para su sorpresa, el desenlace no era tan terrible como estuvo temiendo mientras pasaba las páginas. Hizo mal Elaine al aceptar la ayuda de su nodriza, la hechicera Brusen, para engañar a Lancelot y hacerle creer, durante una noche, que ella era su amada reina Ginebra. Purgó su falta a la mañana siguiente, cuando el caballero descubrió el ardid y a punto estuvo de atravesarla con su espada. Solo la salvó de la muerte una revelación sorprendente: de aquel encuentro tramposo nacería un niño singular. ¿Cómo iba a acabar Lancelot con la vida de su propio hijo nonato?

Esto era lo que se narraba en el primer acto del texto de Gosselin. Podría haber terminado ahí el relato, con un colofón agridulce, pero la princesa de Corbenic no era la damisela resignada que habría podido deducirse por su lánguida apariencia.

Tampoco Viviane Vallot tenía por costumbre darse por vencida cuando se topaba con algún obstáculo. Por eso no dejó de asistir al Teatro de los Italianos —como también se llamaba al Théâtre National de l'Opéra Comique de París— cuando la señorita Singh y la señorita Arai manifestaron su intención de no acudir al estreno de *Elaine de Corbenic*. Preferían ir a cenar a un *bouillon* de la Rue du Faubourg-Saint-Denis con unos jóvenes austríacos a los que habían conocido en el salón del té del hotel Regina. Debería haberles advertido que una interacción de esa clase vulneraba las normas de la agencia, pero no habría servido de mucho y, de todos modos, a Viviane le venía bien que hubieran hecho planes por su cuenta. Daba por sentado que, al regresar, se quejarían del servicio ofrecido y pondrían una reclamación. No le importaba lo más mínimo. Que disfrutasen sus huevos *mollet* con lentejas beluga si eso era lo que querían. Lo que hicieran una vez estuvieran de vuelta en su línea-mundo la traía tan sin cuidado como a ellas lo que ocurriera en el bucle. Para Viviane la vida real estaba allí, en 1910, en una butaca de terciopelo rojo con dos asientos vacíos a los lados.

La vida real era *Elaine de Corbenic*. Y el segundo acto estaba a punto de comenzar.

Esta vez el engaño no se perpetraría en el reino de Pelles, sino en Camelot, donde, pasados los años, Elaine sería invitada. Por mucho que ofendiera a la reina Ginebra la presencia de la princesa en su corte, no tenía forma de convencer a su esposo de que no la hospedara en su castillo; no sin desvelar la relación adúltera que ella misma mantenía con Lancelot. Los celos la devoraron cuando contempló a su rival sentada a su propia mesa, hermosísima y conteniendo las lágrimas porque el preferido de Arturo se cuidaba mucho de dirigirle no ya una palabra, sino siquiera la mirada. Así se lo había ordenado Ginebra, y así le obligaba su promesa a conducirse. No era Mary Garden —ni falta que hacía— la joven soprano que daba vida y voz a Elaine, pero ponía Viviane muy en duda que ninguna otra hubiera podido interpretar con más emoción el aria en la que lamentaba el desprecio de Lancelot.

Volvieron a ponerse en marcha los embrujos de la fiel Brisen, como se ponían en marcha los engranajes de las láminas de grafito que reactivaban el bucle del que Viviane Vallot se servía para inmiscuirse en la vida de Gustave Gosselin. Todo con tal de calmar el dolor de un alma enamorada. Sobre el escenario, el predilecto de Arturo, hechizado, se deslizaría una noche más entre las sábanas de la princesa de Corbenic, creyéndola de nuevo Ginebra gracias a las malas artes de la nodriza. No habría de ser más apacible el nuevo amanecer que aquel en el que casi había muerto Elaine por la espada del caballero. En esta ocasión sería la reina quien sorprendería a los amantes

antes del despuntar el alba, acusando a Lancelot de serle infiel. De poco valdrían sus lamentaciones, ni tampoco la confesión de la princesa. El corazón de Ginebra era inconmovible. Los más duros reproches salieron de su boca para enloquecer a quien tanto amor le había jurado tan solo unas horas antes. El destierro y la demencia aguardaban a Lancelot, que escaparía de la alcoba a través de una ventana para perderse durante años, sin dejar rastro alguno de su paradero.

Así concluía el segundo acto, sin duda el que más exigía en todos los aspectos a la soprano protagonista y el que más elogios le haría recibir por parte de la crítica. De haberse dejado guiar tan solo por sus inclinaciones académicas, Viviane habría tenido que reconocer sin tapujos que eran las escenas más inspiradas del libreto. Sin embargo, para ella, lo más apasionante estaba aún por representarse. No por ello se guardó ni un solo aplauso, como tampoco lo hizo el resto del auditorio. Por mucho que le doliera admitirlo, la señorita Singh no había faltado del todo a la verdad al afirmar que nadie recordaría en el futuro a Gustave Gosselin. Había exagerado, por supuesto, aunque tenía que admitir que, en comparación con muchos de sus compañeros artistas, no había pasado a la historia. Era indiscutible, eso sí, que él sí había gozado en vida de un éxito más que envidiable. Alejado de polémicas como las de Wilde y de críticas atroces como las que alguna vez tuvo que soportar su amigo Debussy, Gosselin había nacido con el raro talento de contentar a casi todos sin exaltar más que a unos pocos. Aquella noche, por ejemplo, los asistentes al estreno se desharían en alabanzas, como lo harían también los académicos y críticos en la prensa del día siguiente. Lo habían hecho ya en su momento, al elogiar la obra de teatro, cuando solo un puñado de rezongones escatimaron las lisonjas. Si acaso pusieron algún reparo al libreto, fue al mencionar su resolución.

El tercer acto de *Elaine de Corbenic* nunca resultó particularmente apreciado ni por los eruditos ni por el público general. Por el motivo que fuera, a nadie terminaba de encajarle un final feliz con el tono fatídico del texto. No era culpa de Gosselin que los siervos de Elaine hallaran una buena mañana a un Lancelot, todavía loco y desorientado, durmiendo como un bendito bajo un árbol en el jardín, como tampoco lo era que la princesa se apiadase de él y le devolviera la cordura gracias al Grial que custodiaba su padre en el castillo. Si querían pedirle cuentas a alguien, que buscaran a Thomas Malory o quienquiera que hubiera redactado el ciclo de *La Vulgata* en el siglo XIII. En lo tocante a los clásicos, Gosselin era un hombre de talante conservador: jamás habría osado alterar el desenlace de la leyenda solo para satisfacer más aún a sus contemporáneos.

No aguardaba a Elaine un destino trágico como el de Medea o el de Salomé, ni siquiera como el de Melisande. Para regocijo de Viviane —y pesar de quienes echaban en falta un asesinato o un suicidio por colofón—, la princesa de Corbenic hallaba la dicha al lado de un Lancelot redimido, desengañado y dispuesto a pasar el resto de sus días con ella en el Castillo de Bliant. Un hermoso epílogo para una historia igualmente hermosa que había cautivado a Viviane como ninguna otra lo haría jamás. Después de *Elaine de Corbenic* pasarían por sus manos muchos otros textos de Gustave Gosselin; poemarios, libros de relatos y más obras de teatro. Todos los disfrutaría, pero ninguno llegaría a obsesionarla como la historia de la doncella del Grial. Por eso seguía enjugándose las lágrimas emocionada cada vez que el telón se corría y la función se daba por terminada. Poco importaba que fuera aquella la décima o la vigésima ocasión en la que se ponía en pie para aplaudir. Siempre se estremecía como si fuera la primera y requería unos minutos para volver a la calma antes de dejarse ver.

Para el resto de los presentes había mucho que comentar en los pasillos del Teatro de los Italianos. Viviane habría podido unirse a cualquier corrillo de disertadores y desconcertarlos con su perspicacia. Para ella, lo más difícil habría sido decidir por dónde empezar. Luego, sin dudarlo, le habría concedido el mayor de los méritos al autor del libreto original, al que el compositor había hecho honor, desde luego, pero en el que radicaba la grandeza que distingue a las obras maestras de los simples entretenimientos. Esta era su opinión, claro está. Una opinión en absoluto objetiva.

Las escaleras del Théâtre National de l'Opéra Comique no estaban forradas de mármol blanco. No las flanqueaban columnas de verde jade ni habían sido diseñadas para que desde las balconadas superiores pudieran admirarse los modelos de las damas más elegantes. Eran más estrechas y sencillas que las del Palais Garnier. También lo eran los corredores que comunicaban unos palcos con otros y los que daban acceso al patio de butacas. Por eso Viviane tuvo que moverse casi como una anguila, sorteando plumas de garza bueyera y zapatitos en punta, antes de llegar al vestíbulo. No podía interesarle ya menos lo que fuera a acontecer allí dentro. Cháchara y cumplidos que nada podían aportarle, porque lo que de verdad quería era salir a la Place Boieldieu y atravesarla para alcanzar a Gustave Gosselin antes de que se subiera al coche que lo esperaba en la esquina.

No era el dramaturgo una persona de carácter hosco; tampoco retraído. Había abandonado discretamente el edificio sin esperar siquiera a que languidecieran las ovaciones, pero no porque despreciara la compañía de sus contemporáneos. Había dos motivos por los que se había despedido casi en secreto de sus amigos. Uno era que no quería robarles protagonismo a los auténticos héroes de la velada. Aquella había sido una noche dedicada por entero a la música, y él se tenía por un rendido siervo de las letras. No debía, en consecuencia, caer en el error de pensar que uno solo de los elogios que allí se estaban lanzando podía dirigirse a su persona. No pintaba nada Gosselin en el teatro. Las flores eran para las sopranos y los vítores para el aventajado compositor. A él ya no había laureles que pudieran engalanarle las sienes grises. El segundo motivo resultaba más amargo. Al menos para Viviane lo era, consciente de que la fatiga que de un tiempo a esa parte estaba padeciendo el escritor se debía a una regurgitación de su válvula mitral. Como muy bien había señalado la señorita Arai, tan solo faltaban unas semanas para que el corazón de Gustave Gosselin dejase de latir para siempre. Eso en la línea temporal madre, porque allí, en el bucle, era cuestión de horas que todo se detuviera, así que poco importaba cuál fuera su estado de salud. Para haber podido hacer algo por él, Viviane habría tenido que hacer retroceder de verdad el tiempo; y eso era físicamente imposible.

Gustave había fallecido por culpa de un fallo cardiaco, solo en el salón de su apartamento de la Place Dauphine, y nadie podría cambiar eso nunca. Aquello solo era un calco, como el que deja el papel carbón en un nuevo pliego.

—*Mademoiselle* Vallot, ¿dónde va usted tan acelerada? ¿No ve que está todo el mundo en el teatro? ¿No le preocupa haber dejado a sus amigas ahí, desatendidas?

Ya tenía un pie en el estribo del coche cuando la vio, quizás no corriendo, pero sí apresurada para no dejar que se marchara sin cruzar antes unas palabras. Con un gesto le pidió al conductor que aguardase un poco más y escuchó lo que su nueva amiga tenía que decirle. Lo hizo sonriente al principio; más desconcertado luego, a medida que ella se fue explicando.

—No son mis amigas, *monsieur* Gosselin, y no han querido venir al teatro esta noche. No se sienta ofendido en lo personal por ello, se lo suplico. Son dos niñas malcriadas y me alegro de haberme deshecho de ellas —manifestó sin tapujos—. Yo, sin embargo, habría sacrificado mi mano derecha con tal de no perderme este acontecimiento.

—¿La mano derecha nada menos? ¿No va a ser un exceso?

—Usted no puede hacerse una idea de lo que *Elaine de Corbenic* significa para mí.

—Me complace entonces que haya disfrutado en el estreno. Ahora vuelva ahí dentro y comparta su entusiasmo con el resto del auditorio. Si les dice a los conserjes que va de mi parte, le permitirán acceder a los camerinos y mostrarles su admiración a las divas.

—No deseo mostrarles mi admiración a las divas —dejó claro Viviane, con un atrevimiento que puso a Gosselin en guardia—. Deseo mostrársela a usted.

—¿A mí? Eso ya lo ha hecho —tuvo que recordarle.

—No me entiende.

Pero sí lo hacía, y por eso se acercó a ella lo justo para no tener que alzar la voz y que el conductor del coche no pudiera entender lo que iba a decirle. Por nada del mundo habría consentido que la reputación de una dama quedara manchada por culpa de un chófer chismoso.

—*Mademoiselle* Vallot, me halaga sinceramente la pasión que siente por mis versos, pero le garantizo que, si se acerca al poeta, se sentirá defraudada. Lo mejor de mí ya lo volqué sobre el papel. En esta humilde persona no hallará nada estimable. No lo habría hecho ni en mi juventud, y menos ahora, que no queda de mí más que una ruina.

Fue aquella una respuesta, cargada a partes iguales de paternalismo y autocompasión, que no cogió desprevenida a Viviane, acostumbrada ya a ser rechazada por Gustave Gosselin. No le confesaba su debilidad con la esperanza de ser correspondida —acaso lo habría sido, de haber contado con la ocasión y el tiempo necesarios—, sino porque era lo único que podía hacer y, además, lo que le dictaban sus sentimientos más íntimos y personales.

—*Monsieur* Gosselin, mañana al caer el sol ya estaré muy lejos de aquí. Mucho más lejos de lo que pueda imaginarse. No volverá a saber de mí, eso puedo garantizárselo. Lo único que le estoy pidiendo… ¡No! —se corrigió—. Lo que le estoy suplicando es que me consienta pasar unas pocas de esas horas en su compañía.

—¿En mi compañía?

—Un paseo, *monsieur* Gosselin, como el que dimos por entre los puestos de los buquinistas. Con eso me haría feliz. ¿Tan cruel será como para negarme un capricho así de sencillo?

Había abierto una grieta en la infranqueable integridad del caballero, que se giró un segundo hacia atrás. Nunca habría consentido que Viviane se subiera con él al coche de haberse tratado, por ejemplo, de una berlina cerrada y con cortinas en las ventanas. No quería que lo tomaran a él por uno de esos artistas caducos que se aprovechaban de su fama para corretear detrás de las faldas de unas jovencitas deslumbradas por su renombre. Tampoco quería, y esto era mucho más serio, que alguien pudiera poner en entredicho la decencia de *mademoiselle* Vallot.

—Un paseo —dio su brazo a torcer antes de ofrecérselo a Viviane para ayudarla a subir al coche.

—Un paseo de verdad, *monsieur* Gosselin. A pie, como el día que nos conocimos.

—Un paseo de verdad, entonces.

Y encogiéndose de hombros le indicó al cochero que prescindía de sus servicios.

VI

Las terminales donde se habían instalado los módulos de los bucles temporales se asemejaban bastante a los aeropuertos de toda la vida. Las zonas por las que transitaban los viajeros transmitían un aura de lujo y pulcritud que poco tenía que ver con las deslucidas tripas por las que se movían sus empleados, especialmente los que se dedicaban al mantenimiento técnico. Denis, como el resto de mediadores intertemporales, pertenecía a un grupo a caballo entre unos y otros, así que no tenía que recorrer con frecuencia esos largos pasillos donde laberintos de cables y tuberías hacían las veces de techos. Curiosamente, acaso por un descuido logístico, también tenía acceso a las áreas más restringidas, aquellas en las que, en teoría, solo deberían poder entrar los ingenieros y el personal de seguridad.

Esta circunstancia había sido aprovechada en su día por él y por Viviane para escabullirse por entre los recodos internos de la terminal y llegar a las plataformas de control. Desde allí, asomados a una galería de vidrio plomado, se podía observar la urdimbre de puentes de Thorne que conducían a los diferentes bucles. Solo desde tan alto se apreciaba la belleza de aquellos ingenios en todo su esplendor. Transitando por dentro no era posible admirarse ante la fascinante coreografía que se producía cada vez que sus bocas toroidales entraban en movimiento relativo unas respecto a otras antes de abrirse. Aquella danza daba comienzo gracias a una serie complejísima de mecanismos que se activaban en la torre de mando. Desde allí se ponía en marcha el cañón de protones que bombardeaba las láminas de grafito. La colisión provocaba un chorro de piones dirigidos a un depósito de helio enfriado hasta una temperatura que rozaba el cero absoluto. Entonces era cuando verdaderamente la irreversibilidad del tiempo se revelaba como una mera ilusión.

A los mediadores intertemporales, expertos en historia y en arte, pero las más de las veces sin conocimientos de física profundos, se les explicaba que todo aquel tinglado era necesario para obtener el componente esencial con el que activar los bucles: materia exótica. La razón, según les habían enseñado en los cursos de habilitación, era que la materia mostraba comportamientos singulares al acercarse a temperaturas extremas. Por eso unos años atrás la noticia de que al fin se había logrado alcanzar en un laboratorio una temperatura cercana al cero absoluto había copado titulares en la prensa especializada. Aquello sería revolucionario para la medicina, para la computación y para un campo inexplorado y mucho más sugestivo: el de los viajes en el tiempo.

Ellos aún eran niños entonces. Apenas podían intuir hasta qué extremo estaba a punto de cambiar el mundo. No tanto como se aventuró en los medios, desde luego, aunque sí lo suficiente para echar por tierra algunos presupuestos que hasta entonces se habían tenido por incontestables.

Que nunca se podría viajar en el tiempo era un mantra que todos habían escuchado alguna vez. Pero el deseo continuaba ahí. Denis, que tanto había leído en su infancia sobre marinos y exploradores, entendía qué era lo que motivaba ese deseo. En un mundo que se había vuelto pequeño, los viajes habían perdido todo su atractivo. Ya no quedaba nada del halo de aventura que en su día los había envuelto, porque todo resultaba predecible. Tanto que ya no había forma de hacer sentir viajero al turista. Fueran a donde fueran, llegarían en unas pocas horas y, una vez en su destino, una fastidiosa sensación de *deja vu* los sofocaría.

Ese mundo que se había vuelto uniforme precisamente para satisfacerlos a ellos, nunca más les bastaría. Tenían —quienes podían tenerla— la urgencia de conocer no otros mundos, sino otros tiempos, rastreando así las emociones que su presente ya no les proporcionaba.

Tampoco lo que los bucles ofrecían distaba demasiado de los desfasados complejos vacacionales. Eran como jaulas, solo que, en lugar de acotar el espacio, acotaban un segmento de tiempo desdoblado para su disfrute. Luego, en un ejercicio que a Denis siempre se le había antojado fantasmagórico, hacían que se reiniciasen una y otra vez desde el instante mismo en el que se habían desgajado de la línea temporal madre, paralelos a ella y perfectamente capaces de dar origen a un mundo propio distinto, a una realidad no necesariamente idéntica a aquella de la que habían surgido. Algo que, a largo plazo, no habría resultado controlable. Los turistas se morían por ver zarpar al Titanic desde Southampton y por presenciar el asesinato de Kennedy en Dallas, no por desperdiciar sus vacaciones en un pasado alternativo del que no habrían sabido qué esperar. No eran auténticos exploradores. Querían creer que estaban viviendo una aventura, pero sin prescindir de la seguridad de lo predecible. Esa era la razón por la que los bucles más largos, aquellos que duraban meses enteros, requerían unos cuidados constantes y eran más costosos de mantener. Cuanto más tiempo pasaba, más probable resultaba que los acontecimientos se desviaran de lo previsto, sobre todo cuando se introducían en ellos unos elementos tan perturbadores como eran los turistas.

Denis no había vuelto a subir a la plataforma de control después de tomar la decisión de distanciarse de Viviane. No le encontraba sentido a hacerlo solo y ninguno de sus compañeros le habría visto la gracia a pasarse la tarde tomando café en una galería, viendo cómo los puentes de Thorne se desplazaban en el vacío y las gigantescas bocas de los bucles rotaban sobre sí mismas. Tardaría bastante en animarse a regresar y al hacerlo se llevaría una desagradable sorpresa. El dispositivo de acceso biométrico ya no le permitía abrir la compuerta que conducía a las plataformas. Probó un par de veces más antes de darse por vencido. Pensó, por un instante, que podía tratarse de un fallo en el escáner, pero una auxiliar de seguridad lo sacó de su error enseguida. Habían reestructurado todo el sistema para optimizarlo y a la mayoría de los empleados se les había prohibido el acceso a las áreas en las que su presencia no resultaba imprescindible. Los únicos que podían seguir entrando en las plataformas de control eran algunos ingenieros y los encargados de la seguridad.

—Puedes solicitar al administrador una actualización de tus permisos —le sugirió la auxiliar, tratando de sonar amable.

No habría servido de nada. En realidad, nunca había existido justificación para que Denis subiera a las plataformas. Se habrían reído de él si hubiera confesado que sencillamente le gustaba mirar mientras el cañón le arrancaba pedazos de pura contingencia al universo. Era lógico que les hubieran retirado el acceso a las áreas más comprometidas, sobre todo desde que se había producido el incidente del bucle inestable, el que se estaba cerrando sobre sí mismo. Nadie sabía qué podía acabar ocurriendo si terminaba de retorcerse y daba lugar a un círculo completo, pero tampoco iban a clausurar la terminal. Habría hecho perder millones a las agencias que operaban allí, y no todas eran tan insignificantes como la que lo tenía en nómina a él.

A aquella auxiliar volvió a encontrársela con frecuencia, a veces haciendo su ronda por los corredores, a veces en la cantina o en la lanzadera automática. Siempre le saludaba, risueña, y trataba de entablar alguna conversación trivial. El interés no era mutuo, así que Denis se limitaba a responder con educación, sin alentar falsas expectativas. Aquella muchacha, espontánea y algo vulgar, no podía resultarle más indiferente, a ratos hasta irritante en su insistencia. Tan solo cuando declinó su ofrecimiento para dejarle pasar en secreto a las plataformas pareció darse por enterada de la hartura que le provocaba.

Pese a la discreción con la que procuró zanjar el asunto, Denis empezó, sin quererlo, a granjearse entre sus colegas una inmerecida fama de rompecorazones. No tenían ni idea de que el mayor afectado de mal de amores era él mismo. Mejor que fuera así, porque nunca había sido amigo de hablarle a los demás de su vida privada, y mucho menos de la sentimental. Su intimidad le pertenecía solo a él. Este afán por no permitir que nadie se le acercara demasiado lo llevo a plantearse si aceptar o no una oferta tentadora que le llegó de una agencia bastante más opulenta que la suya.

Las condiciones se le antojaban buenas y el sueldo irresistible. Lo mejor de todo era que, de aceptar, se marcharía lejos de París, a La Habana, y no para trabajar en bucles de quince días, sino de meses enteros. Un par de veranos de 1933 orientando a algún millonario en una casona de estilo colonial cercana a Finca Vigía le reportarían dinero suficiente para pasarse un año entero mano sobre mano. Podrían haber contratado a alguien con más experiencia o mayor dominio del español, pero habían recibido excelentes referencias de su labor en Francia a través de antiguos clientes. Denis no solo conocía la obra de Hemingway en profundidad, sino también al personaje. Eso complacía a los fanáticos del escritor, que creían que su guía, más que un empleado ocasional, era un compinche que participaba activamente de su entusiasmo.

Se equivocaban. Sólo en su adolescencia Denis había sentido verdadera admiración por Hemingway. Al madurar había ido tomando conciencia de lo ridícula que era la aureola de masculinidad virulenta que rodeaba la leyenda, y había acabado por procesar cierta lástima por el talentoso suicida. Eso no quería decir que fuera a desdeñar una vez más una oferta de tanta enjundia como aquella. A fin de cuentas, ya nada lo ataba a París.

No se lo dijo a nadie y continuó haciendo vida normal, de su apartamento a la lanzadera y de la lanzadera a los bucles. La versión renovada del lema *métro-boulot-dodo*

73

que tanta rabia le daba cuando tenía que procurar que no le abrieran la cabeza en Mayo de 1968.

De tanto en tanto rompía la monotonía con una noche de esparcimiento en los locales de la antigua lonja de la ciudad dormitorio. Esto lo hacía casi como un ritual, algo con lo que tocaba cumplir si no quería que le endilgaran una etiqueta más: la de bicho raro. Esa ya se la habían colocado en su día a Viviane y era, con diferencia, de las que más costaba quitarse de encima. De las que, a la larga, pasaban factura. Aunque nadie lo decía a las claras, quienes tenían más dificultades para socializar o preferían no hacerlo se encontraban con escollos a la hora de promocionar en la empresa o recibir ofertas mejores de la competencia. Si Viviane hubiera sido un poco menos arisca, ya habría podido firmar con alguna otra compañía que le pagara el doble. Y, sobre todo, que le permitiera trabajar en bucles mucho más largos, a ser posible de finales del siglo XIX, cuando el simbolismo literario se encontraba en su momento álgido. Pero aquella muchacha nunca había puesto interés en granjearse el favor de quienes habrían podido ayudarla a medrar, ni en caerles simpática a unos clientes que a duras penas le resultaban tolerables. Ni siquiera se dejaba ver en las terrazas de los locales de la ciudad dormitorio, y eso sí que levantaba suspicacias, sobre todo entre sus compañeros.

Denis no estaba obsesionado con lo que los demás pensaran de él, pero tampoco le suponía un esfuerzo extremo dejarse caer de cuando en cuando por las coctelerías de moda. Si no le hubieran visto tomarse alguna copa, sus jefes habrían desconfiado de él. Aunque el alcohol estaba oficialmente prohibido una vez que ingresaban al bucle, fuera suponía el lubricante indispensable para las relaciones sociales. De hecho, casi todos los mediadores bebían cuando acompañaban a los clientes al Moulin de la Galette o al Lapin Agile. Las viñas de Montmartre daban un caldo que no servía ni para diurético, pero nadie se resistía a probarlo, ni siquiera Denis, a quien siempre se empeñaban en invitar, como si fuera la primera vez que se llevaba a los labios aquel vino peleón. Lo escupía en cuanto podía o lo iba derramando poco a poco de su vaso. Lo que fuera con tal de no tragárselo, y de no disgustar tampoco a sus clientes.

A Viviane, por el contrario, no se le daban bien los subterfugios. Ofendía sin querer a quienes no trataban más que de ser cordiales al insistir en que brindara con ellos. Como siempre rehusaba la invitación, en las encuestas no solían valorarla bien. No era capaz de disimular y se le notaba que no quería perder el tiempo en el Cabaret de l'Enfer cuando podría estar sentada en un banco, en la Place Dauphine, en frente de la casa del muerto, esperando a ver pasar su silueta tras las cortinas.

El caso era que Viviane no bebía nunca, ni en los bucles ni fuera de ellos, así que a Denis le sorprendió sobremanera encontrársela una tarde, con lo que parecía un té con ginebra y limoncello en la mano, en una de las terrazas más concurridas de la antigua lonja. Dominada la extrañeza, su primer impulso fue el de darse media vuelta y marcharse por donde había llegado. Le pudo la curiosidad, o acaso la preocupación, y se quedó para averiguar con quién compartía mesa. Acodado en la barra, comprobó enseguida que no eran colegas de la agencia, ni siquiera técnicos. Inesperadamente, Viviane había decidido salir de una vez de su cubil para alternar con una camarilla de auxiliares de los que habían contratado para reforzar la seguridad de la terminal.

Curiosa elección, viniendo de alguien como ella. Y más curiosa aún se le antojó cuando reconoció, sentada a su lado, a la vigilante que se había ofrecido a dejarle pasar a las plataformas de control. De primeras no le agradó la idea de que anduvieran juntas. Pensó, en un alarde de egolatría, que las dos debían haber trabado amistad —si es que lo habían hecho— a costa de criticarlo, de burlarse de sus defectos y de repetirse la una a la otra que estaban mejor sin él. Luego recordó que Viviane no tenía motivos por los que echarlo de menos. Amaba a otro, al fin y al cabo, y le había importado poco menos que un pimiento que hubiera decidido dejar de verla. Lo más probable era que aquella improbable asociación hubiese sido cosa del azar.

A Denis no le supo mal. Al contrario. Aunque no fuera asunto suyo, se sentía aliviado ante aquellas tímidas muestras de que Viviane empezaba a abrirse al mundo; al que de verdad le correspondía, y no a uno lejano y marchito a cuya sombra se le insuflaba movimiento gracias a un tanque de helio. Había sacado las narices de sus libros polvorientos y de sus cuadros prerrafaelitas. Prestaba atención a otras voces que no eran las que se habían recuperado de viejos cilindros de cera. Por intrascendente o estúpida que fuera la conversación, participaba y se reía con ganas cada vez que alguien soltaba alguna simpleza.

Al verla así, tan animada, tan contenta con una realidad de la que hasta entonces había hecho todo lo posible por evadirse, Denis sintió la tentación de acercarse de nuevo, de darse otra oportunidad para ver si de verdad había dejado atrás su obsesión por un tiempo que ni siquiera le habría tocado conocer de no haber sido por aquellos bucles artificiales. Los amores platónicos son así, se apagan tarde o temprano y su solo recuerdo abochorna a quienes se entregaron con fricción a las fantasías que generaron. No hay amor que se sostenga si no se alimenta día a día, si no se consuma y no evoluciona. Esos encaprichamientos adolescentes no duran porque, como los bucles, no conducen a nada.

Viviane debía haberlo comprendido y, consciente de lo mucho que le costaría hacerse querer por unos compañeros a los que había ignorado tantas veces, estaba aprovechando la llegada de los nuevos trabajadores para hacer por fin, si no amigos, sí conocidos con los que pasar la tarde y, quizás, quién sabe, hasta confraternizar.

Se refrenó Denis en el último momento porque un temor se apoderó de él. ¿Y si estaba cometiendo el mismo error que ella al intentar revivir algo que ya estaba muerto? Algo, si le apuraban, que en su caso ni siquiera había llegado a existir, porque la suya había sido una relación estéril desde el principio. Él la amaba. Ella a él no. Él nunca se resignaría a no ser correspondido. A Viviane eso la traía sin cuidado. Lo que Denis sintiera le daba igual, y que ahora hubiera tomado la determinación de iniciar una nueva vida —una de verdad— no quería decir que fuera a hacerle hueco en ella. Se lo pensó mejor y se quedó en la barra, esperando a que le sirvieran una copa que no pensaba probar.

Denis se fustigó. Se le había pasado por la cabeza la posibilidad de echarse atrás y decir que no a la oferta de trabajo en La Habana solo porque había visto a Viviane rodeada de extraños en una terraza, bebiendo y sonriendo como haría cualquier otra, como si eso bastase para convencerlo de que existía la posibilidad de que hubiera superado aquel enamoramiento antinatural que arrastraba desde la adolescencia. No. Viviane no podía haberse convertido en alguien diferente en tan poco tiempo. No podía haber cambiado la sola compañía del moho y los libros por la de aquella cuadrilla de botarates que se deshacían en carcajadas ante la más grosera ocurrencia.

Si de verdad se hubiera reformado, si ella ya no fuera la muchacha rara y esquiva que prefería quedarse en su buhardilla recitando poemas modernistas y bebiendo manzanilla con unos granos de anís, Denis habría dejado de quererla. Y solo tenía que mirarla una vez más, de soslayo, sin importunarla, para reconocer que vaya si la quería.

VII

No era gran cosa lo que Viviane le había pedido. Un paseo de apenas un par de horas que comenzaría bajo la luz de gas de las farolas del Distrito de la Bolsa y que continuaría, ya en el corazón de París, bordeando los jardines del Palacio Real, justo antes llegar a la margen derecha del Sena. Él nunca decía que sí de buen grado, pero muy raramente se negaba en rotundo. No era más que una petición inofensiva con la que ella no parecía pretender otra cosa que gozar de su presencia y de su conversación. Con todo, Gustave Gosselin solo se relajó cuando, cerca ya de la iglesia de Saint-Germain-l'Auxerrois, se dio cuenta de que toda la charla estaba girando en torno a cuestiones artísticas y literarias. A lo mejor había pecado de vanidoso al pensar que aquella joven podía albergar algún otro tipo de interés que no fuera intelectual. Debió sentirse ridículo durante unos minutos, avergonzado de sí mismo y de su disposición para discurrir las más absurdas fantasías. Solo al poner un pie en el Pont-Neuf y dejar atrás el murmullo de la *Ville Lumière*, se le reveló al poeta hasta qué punto habían sido atinadas sus primeras intuiciones.

—*Monsieur* Gosselin, ¿sabe por qué le he pedido que me permita pasar en su compañía este rato?

Los dos paseantes se detuvieron en uno de los balconcillos con forma de media luna que, sustentados en torrecillas cilíndricas, permitían asomarse al río. El puente se hallaba mucho más tranquilo de lo que era habitual. Incluso a aquellas horas, después de caer el sol, solía estar abarrotado de gente y de coches. Según un dicho popular, en el Pont Neuf siempre podría uno tropezarse a la vez con un carruaje, un caballo blanco, un cura y una prostituta. Aquella noche, por algún motivo, Viviane y Gustave eran casi los únicos transeúntes.

—Ilumíneme, *mademoiselle* Vallot.

Estaba un poco de más aquel requerimiento. Ya lo hacían —en sentido literal— las dos farolas que flanqueaban el balconcillo. En el figurado, de sobra imaginaba por qué quería ella disipar cualquier duda acerca de sus motivaciones, pero no veía razón para no dejarla hablar. Confiaba en sí mismo y en su saber estar.

—Necesito confesarle algo.

—Puede ahorrarse el mal trago.

No. No podía. Esa era la cuestión. Encadenada a un tiempo distinto a aquel en el que no era más que una intrusa, lo máximo a lo que podía aspirar Viviane era a declararle sus sentimientos, y de tanto en tanto ni tan siquiera eso.

Gustave echó a andar por el puente en dirección a la margen izquierda, no tan rápido como para dejarla atrás, aunque sí lo suficiente para dejar claro que no iba a dar pie a malos entendidos. No estaba resultando aquella la mejor de las últimas noches en el París de la Belle Époque. Tampoco es que hubiera llegado a ocurrir nunca nada. Tan solo era que algunas veces él se tomaba la confesión con más humor que otras. No podía descartarse, por increíble que pareciese, que, de alguna manera rocambolesca, la decisión de las señoritas Singh y Arai de salir a cenar con los dos austríacos hubiera perturbado el devenir ordinario del bucle y, de paso, el ánimo de Gosselin. Eventualidades más extrañas se habían producido.

—¿Tiene idea, *mademoiselle* Vallot, de quién es ese hombre que está subido a caballo ahí enfrente?

Se había parado más o menos a mitad del puente y observaba la estatua ecuestre del rey Enrique IV, coronado de laureles y con un cetro en la mano derecha. No era, ni mucho menos, la primera vez que pasaban por delante, pero nunca antes había hecho mención a aquella escultura de bronce. Desprevenida, Viviane no supo muy bien qué decir y se encogió de hombros antes de identificar al monarca.

—Es Enrique de Navarra. ¿Va a preguntarme también si París bien vale una misa?

Gustave Gosselin, en lugar de responder, dio unos pasos hacia adelante y se inclinó desde la balaustrada al parque que se extendía bajo los arcos de mampostería.

—Y este rincón tan idílico que queda a nuestros pies, ¿lo conoce?

Por supuesto que lo conocía. Era una placita arbolada justo en la punta noroeste de la Île de la Cité, en la que los parisinos acostumbraban a relajarse a la sombra de los tejos, los nogales negros y los olivos de Bohemia, mientras disfrutaban de las vistas.

—Es la Place du Vert-Galant.

—¿Le apetece que bajemos y demos una vuelta?

Por sorprendente que resultase —y pocas sorpresas podía depararle ya aquel bucle— Gosselin no daba la sensación de estar contrariado; ni siquiera receloso. Sonreía como no era frecuente que lo hiciera, y al hacerlo se le iluminaban los ojos. Una suerte de vértigo se apoderó de Viviane. No era solo el efecto que aquel gesto amable había provocado en ella, sino la toma de conciencia de que estaba a punto de experimentar algo excepcional; una sucesión de acontecimientos distintos y originales. Hacía mucho que no tenía la oportunidad de lanzarse a una aventura tan parecida a la vida real, y no sabía si estaría preparada. Asintió, por supuesto, pero se dejó por el camino algo de la falsa entereza que hasta entonces había exhibido. Se adentraba no solo en uno de los más hermosos jardines de París, sino en un terreno inexplorado para el que carecía de mapa alguno.

Si arriba, en el Pont-Neuf, habían estado prácticamente solos, allí, en la plazuelilla, tan solo otra pareja amenazaba su intimidad. Jóvenes y acaramelados, tenían toda la pinta de ser extranjeros en su viaje de luna de miel. Tampoco ellos debían desear que los incordiasen. No hicieron caso a los recién llegados, que, de todas formas, encarrilaron sus pasos hacia la orilla contraria. Así podrían conversar sin preocuparse por si los escuchaban. Pese a todo y por si acaso, Gustave Gosselin se cuidó mucho de no alzar la voz.

—¿Nunca antes había estado de noche en esta placita?

—No.

Viviane decía la verdad solo a medias. Nunca antes había recorrido aquellos senderos de noche; no al menos en 1910.

—¿Tiene idea de a quién debe su nombre?

Ella tuvo que mover la cabeza hacia los lados para indicarle que lo ignoraba. Una laguna imperdonable para una persona que se ganaba la vida —en resumidas cuentas— como guía turística.

—Vert Galant era uno de los apodos con los que se conocía a Enrique IV —la instruyó antes de continuar—. El galán verde... Así lo llamaban para burlarse de su afición a las faldas y de su empeño por seguir coleccionando amantes mucho más jóvenes que él incluso cuando ya era un carcamal. Así somos los parisinos, un poco crueles con nuestros mandatarios. El caso es que siempre me ha parecido que el *vert galant* se merecía que lo ridiculizasen.

Mientras se explicaba, mantenía la mirada perdida en el horizonte. Solo de cuando en cuando la dirigía hacia la estatua del lujurioso monarca. Hacia Viviane no se volvió ni una vez.

—No me malinterprete, por favor. No es que me crea yo quien para juzgar la conducta de los demás. No tengo vocación de moralista. Jamás se me ha ocurrido llamar al orden a ninguno de mis amigos por mucho que hayan incomodado a media Europa. Hasta les he aplaudido en la mayoría de ocasiones. Estamos apolillados y no nos vienen mal esas bofetadas que nos sacan de nuestro anquilosamiento. Hacen bien sacudiéndonos, aunque luego sean ellos los que lleven las de perder. Un buen escándalo, de vez en cuando, nos sirve de revulsivo. Algún día la historia nos pondrá en nuestro sitio a todos; rendirán honores a esos amigos míos tan desvergonzados, mientras que de mí se olvidarán. O al menos me dejarán cogiendo polvo en alguna nota a pie de página. Téngalo por seguro.

Y por tan seguro que lo tenía. Solo que ella no le había olvidado. Nunca lo haría.

—Yo no soy así. Nunca lo he sido. No me atraen los hombres, como a Verlaine y a Rimbaud; y, aunque así hubiera sido, no habría reunido el valor para dar rienda suelta a mis impulsos. No sé si por respeto o por simple casualidad, tampoco me he fijado jamás en una mujer casada; algo que, como ya sabrá, sí hizo mi estimado Debussy. A mí me habría gustado formar mi propia familia, pero no tuve suerte y, cuando quise darme cuenta, había dejado pasar ese tren —se lamentó sin entrar en detalles—. ¿Podría disfrutar con más liviandad de mi soltería? Lo dudo. Cuando pienso en mi buen Maeterlinck, a quien por otro lado respeto y admiro, y en otros como él, que no dejan de tontear con muchachas a las que sacan veinte o treinta años, me vienen a la mente esas dos palabras: *vert galant*.

Al pronunciarlas, extendió la mano abierta ante sus ojos, como señalando el parquecito que tenían ante ellos. Gustave todavía no miraba a Viviane, pero ella no le había quitado los ojos de encima, así que advirtió de inmediato la mueca, entre burlona y lastimera, que se le apuntaba en los labios. Advirtió, además, que aún no había terminado.

—Son dignos de chanza, mi querida *mademoiselle* Vallot. Y también de reproche. Quiero a mis amigos, pero los cogería de la pechera y sería yo el que los sacudiría a ellos hasta que entrasen en razón y se dieran cuenta de lo patéticos que resultan al dar pie a esas aventuras grotescas con muchachas que podrían ser sus hijas, cuando no sus nietas. Se aprovechan de su fama, de su prestigio, de que se postran a sus pies convencidas de que, por el mero hecho de llamarse intelectuales o artistas, deben enamorarse de ellos. ¡Qué idiotez! ¿No ven que no somos más que viejos, calvos y con las tripas colgándonos por encima del pantalón, y que tendrían que relacionarse con jóvenes espigados como ellas con los que pudieran dejarse ver en público sin ofender al sentido común? Han demostrado más luces *mademoiselle* Singh y *mademoiselle* Arai, yéndose a cenar con esos muchachos austríacos por ahí, que usted, perdiendo su valioso tiempo aquí conmigo.

—Pero usted no es calvo, *monsieur* Gosselin. Y no le cuelga la tripa por encima del pantalón.

—Pero soy muy mayor para usted.

Esta frase la pronunció no solo girándose hacia Viviane, sino tomándola de las manos. Ojalá, se dijo, hubieran rechazado a Salomé y a Elaine con la misma ternura que a ella. Atesoraba cada una de aquellas tajantes negativas como si de cartas de amor se tratasen. Las retenía en un rincón de su memoria y regresaba a ellas en la soledad de su estudio, mientras contemplaba el retrato de un Gustave Gosselin algo más joven. ¿Cómo explicarle, sin que la tomase por loca, que para ella no tenía edad? Era al mismo tiempo el adolescente precoz que había empezado a componer versos con apenas once años, el estudiante aplicado que se había marchado a Jena con la esperanza de convertirse en el siguiente Novalis, el dramaturgo exitoso que empezaba a peinar algunas canas y el hombre maduro que intentaba consolarla, como si fuera aquel su primer desengaño, cuando el único engañado era él.

En la línea temporal madre, en el mundo real, podía ser todo eso a la vez porque ya estaba muerto. No era, en consecuencia, más que un recuerdo del pasado, como una vibración mecánica capturada en una espiral de zinc y reproducida en bucle. Viviane, en este sentido, procedía igual que de adolescente, cuando programaba su reproductor para que sonase sin parar el aria en la que Elaine le declara su amor a Lancelot. Regresaba una y otra vez a la primavera de 1910, no porque fuera su trabajo, sino porque tenía que volver a escuchar aquella pieza. Se trataba, para ella, de un placer indispensable. Tenía que estar con Gustave Gosselin y declararse, igual que la princesa de Corbenic, aunque supiera que no serviría de nada.

—Tengo un amigo filósofo. Es un tipo con unas ideas extrañas y un poco demasiado cínico, pero me gusta escuchar sus cábalas disparatadas —decidió contarle a Gustave sin saber muy bien por qué, ya que nunca antes le había mencionado a Denis—. Sostiene que los seres humanos codiciamos privilegios que corresponden solo a los dioses. Anhelamos, por ejemplo, transitar a placer por los momentos que fueron, los que son y los que están por llegar.

—Una transgresión en toda regla de nuestros límites como criaturas mortales. Cuánta soberbia, ¿no? Nada bueno puede depararnos.

Denis y *monsieur* Gosselin se habrían llevado bien de haberse llegado a conocer.

—Tiene ideas extrañas, ya se lo he advertido, pero es un buen hombre.

—Cásese con él —le recomendó el escritor sin dudarlo, acaso en broma, acaso en serio.

—No funcionaría —desechó ella el plan, y continuó con su exposición—. Pero, volviendo a esas ideas extrañas, el caso es que ese amigo…

—Con el que no piensa casarse solo para llevarme la contraria.

—Exacto —le dio la razón para que la dejase proseguir—. Ese amigo con el que no voy a casarme me ha hablado también de los filósofos estoicos y de cómo estaban convencidos de que el universo se destruye y se reinicia indefinidamente, en una sucesión de ciclos que se repiten desde el principio de los tiempos. Cada uno de estos ciclos es idéntico al anterior, y también al que lo sucederá. El universo tal y como lo conocemos, con nosotros en él, está condenado a restablecerse y a dar lugar a los mismos acontecimientos. Incluso estaremos obligados a tomar las mismas decisiones y a cometer los mismos errores. Una vez, y otra, y otra, así hasta el infinito.

—Conozco esa doctrina, *mademoiselle*, y otras parecidas, aunque mucho más recientes. Es más, he leído bastante al respecto.

—¿Y no le da miedo que pudieran tener razón esos griegos chiflados? ¿La sola posibilidad de estar reviviendo los mismos momentos sin ser consciente de ello y sin poder enmendar sus errores?

Tenía que preguntárselo. Era lo más cerca que estaría nunca de revelarle la verdad sobre su espuria existencia. El caso es que a Gustave Gosselin no pareció preocuparle en absoluto, no porque no lo creyera probable, sino por otros motivos que le expuso con total tranquilidad.

—Suponga, *mademoiselle* Vallot, que el mundo es así, como usted me ha referido; que mañana o pasado mañana todo es destruido en una gran conflagración y, sin saber cómo, al instante siguiente nos encontramos aquí de nuevo, renacidos y prestos a experimentar las mismas vicisitudes que ya nos hicieron reír y llorar, puede que no una, sino un millón de veces. No lo encuentro tan terrible, y eso me reconforta, porque quiere decir que no me arrepiento de casi nada, que estoy satisfecho con la vida que he vivido y que, aun habiendo sido imperfecta, no la cambiaría aunque tuviera la oportunidad. ¿Pueden muchas personas afirmar esto sin faltar a la verdad?

¿Podría ella? Tuvo que preguntárselo a sí misma, pero no aquella noche, que le pertenecía por entero, sino más adelante. Mucho más adelante, en otro tiempo. En un mundo en el que tendría que tomar una decisión de la que no querría tener que arrepentirse jamás.

VIII

Ni siquiera para su último servicio Denis había tenido suerte. Al salir del vestuario llevaba puesto un jersey de cuello alto y unos pantalones de pana que sabía que le darían demasiado calor. No veía el momento de dar carpetazo a aquella etapa laboral y marcharse a La Habana para disfrutar de una vida mejor, o al menos más relajada y con un sueldo estupendo. Una semana más, solo eso, y luego se largaría de París.

Así de felices se las prometía cuando echó a andar por el pasillo que desembocaba en la antecámara desde la que se accedía a los puentes de Thorne. Iba tan ensimismado que tardó unos minutos en darse cuenta de que los ánimos andaban más que revueltos en la terminal. Tanto ajetreo no era normal. Tampoco lo era que, a aquella hora de la mañana, no hubiera observadores en los salones de descanso aguardando su turno para acceder a los bucles. Al llegar a la compuerta de entrada al módulo comprendió que estaba sucediendo algo grave. El dispositivo de reconocimiento biométrico le denegó al acceso. No podía tratarse de un error, porque no solo no se accionó el mecanismo de ingreso, sino que la interfaz le devolvió un amenazante resplandor de luz roja que no le hizo presagiar nada bueno. Definitivamente, algo raro pasaba en la terminal.

Denis no tuvo que esperar para confirmar sus sospechas. La compuerta se abrió de manera manual antes de que hubiera podido intentar siquiera comunicarse con su supervisor. Para su sorpresa, fue un gendarme el que lo recibió. Tenía cara de pocos amigos y no se molestó ni en darle los buenos días. No resultaba nada común ver gendarmes en las terminales. De la seguridad solían ocuparse auxiliares sin apenas formación a los que pagaban una miseria y media docena de agentes de la Sûreté Nationale que deberían haberse jubilado veinte años atrás y que se pasaban el día apostando y bebiendo en la cantina. Que la policía militar hubiera tomado aquellas instalaciones era preocupante.

Aunque ya se temía que no iba a servir de nada, Denis le preguntó al gendarme qué estaba pasando. El tipo, sin mudar el gesto de aspereza, desenfundó un lector biométrico portátil y le pidió que se identificara. No tenía nada que ocultar y, de haberlo tenido, le habría dado lo mismo. No podía negarse. Al menos sí pudo aprovechar el tiempo que al agente le llevó consultar sus datos para echar un vistazo por encima de aquellos hombros de buey. Lo que observó, lejos de tranquilizarlo, le puso la piel de gallina.

Debía haber al menos diez gendarmes más en el módulo, todos ellos armados y muy serios. Algunos se limitaban a permanecer de pie, con la culata del subfusil apoyada en la sangradura del codo y un dedo en el puente del gatillo. Otros hablaban con un par de ingenieros que tampoco tenían aspecto de entender qué ocurría. Al fondo distinguió a uno de sus compañeros, rodeado por un grupo de al menos cuatro o cinco gendarmes más que iban y venían todo el tiempo.

—¿Denis Dumont? ¿Mediador observacional de la agencia Jonbar?

No había sido el agente que lo estaba identificando el que preguntó si era él, sino uno de los que estaba al fondo, de mayor rango sin duda, ante el que el primero se achantó. Debía haberlo señalado el observador al que estaban interrogando, porque el lector portátil seguía sin arrojar datos. Denis asintió con la cabeza y se desprendió de la tarjeta que llevaba colgada de la chaqueta para entregársela a quien se presentaría como el teniente Mercier. La dio por buena con un vistazo y con un gesto hizo que otro gendarme los escoltase fuera del módulo. Denis empezaba a inquietarse de veras, y no se calmó cuando dedujo que no lo conducían a ningún despacho ni área de descanso para empleados.

Iban directos a la plataforma de control.

Se dio cuenta justo antes de contemplar una escena que lo pondría todavía más nervioso, aunque por lo menos le sirvió para empezar a hacer algunas conjeturas. Si a él lo acompañaba una pareja de agentes, la auxiliar de seguridad que había visto en la coctelería unos días atrás tenía cuatro vigilando que no tratara de huir, algo que le habría resultado difícil, no solo por la cantidad de efectivos que custodiaban las instalaciones, sino porque la habían esposado. De esto se dio cuenta casi por casualidad, cuando agachó un poco la cabeza para no tener que cruzar con ella la mirada y advirtió un destello metálico en sus muñecas. Ni siquiera había llegado a desarrollar por aquella mujer una pizca de empatía; la encontraba tan ordinaria y aburrida que no le habría dedicado ni uno solo de sus pensamientos de no habérsela encontrado alternando con Viviane. Aquella mañana, sin embargo, sintió una profunda lástima por la pobre infeliz al contemplarla en una situación tan humillante. Fue ella, entonces, la que no pudo sostenerle a él la mirada. Denis siguió andando con un gendarme a cada lado, consciente de que iba a tener que dar más de una explicación para que no le salpicase un asunto que intuía turbio.

No hacía falta ser un lince para suponer que lo que había ocurrido era que alguien, casi con toda seguridad la auxiliar, había entrado sin permiso en un área restringida. Denis habría apostado a que en una de las plataformas de control. Estaba seguro, además, de que tanto alboroto no podía haberlo causado una empleada de seguridad merodeando por donde no le tocaba hacer ronda. No se arresta a nadie por tomarse un café sentado en la barandilla de la galería con los pies colgando a ochenta metros sobre la estructura de puentes de Thorne. De haber sido así, Viviane y él tendrían que haber pasado en el calabozo más de una noche. Aquella idiota debía haber hecho algo más grave. Algo como proporcionarle a otra persona acceso a las plataformas.

Una teoría empezaba a tomar forma en su cabeza. Una que no tardaría en verse confirmada.

Había dado por sentado que lo llevaban a alguna de las plataformas de control desde las que se supervisaba el funcionamiento de los puentes y los bucles, quizás la del subsector norte, la que atendía el módulo en el que operaba su agencia. Le extrañó cuando el gendarme abrió las compuertas del elevador y el teniente señaló con el dedo índice hacia abajo. No se dirigían a las plataformas, sino a los niveles inferiores. Iban al último de todos, el que se había excavado más recientemente y que no había llegado a inaugurarse por culpa de un fallo que nadie había previsto. El elevador se detuvo en la galería desde la que se debería haber controlado el más ambicioso de los bucles de la terminal.

Era la primera vez que Denis tenía la oportunidad de contemplarlo. Ni en sueños se habría figurado algo así, y eso que había visto bucles de todo tipo. Se le olvidó que lo escoltaban dos agentes armados hasta los dientes y echó a andar hacia la cristalera de vidrio plomado. Parecía mucho más gruesa que la de las demás plataformas. Cuestión de seguridad, pensó mientras apoyaba las manos en el ventanal. El volumen de materia exótica necesario para escindir una línea-mundo alternativa y estabilizarla en un bucle tan largo debía ser asombroso. Por eso aquel módulo solo contaba con un puente de Thorne con una única boca que giraba sin parar en torno al punto en el que, se suponía, debería haberse ensamblado con la del bucle.

La cuestión —y esto fue lo que de verdad perturbó a Denis— es que aquel bucle carecía de boca. No había forma de ingresar, ni tampoco de salir del bucle, porque no tenía la peculiar forma de hélice que los caracterizaba. Aquel retazo de tiempo arrancado de un pasado que nunca fue se había retorcido y estirado para después volverse a girar sobre sí mismo. El bucle, tal y como habían anunciado los ingenieros, se había convertido en un círculo perfecto.

—¿Nunca antes había estado aquí, observador Dumont?

Se lo había preguntado el teniente. Denis se giró hacia él, absorto todavía en la magnífica circunferencia que orbitaba el espacio en principio previsto para el bucle. Todo lo demás había dejado de importar ante una singularidad como aquella.

—Nunca —respondió sin superar la conmoción, y solo entonces advirtió que, además de los gendarmes que lo habían llevado a la plataforma, lo observaban otras dos personas: un ingeniero con gesto abatido y otra agente de la ley que, a juzgar por sus galones, debía ostentar por lo menos el grado de comandante.

—¿Este es Dumont? —quiso cerciorarse la oficial.

El teniente asintió y le indicó a Denis que tomara asiento en la silla que quedaba libre frente a la de su superior. Aunque nadie le había comunicado que estuviera detenido, obedeció sin rechistar. Las manos le temblaban. No había hecho nada malo, pero eso no quería decir que no tuviese nada que temer.

—¿Soy sospechoso de… algo? —preguntó impaciente.

—No por ahora —le contestó la oficial, y acto seguido se volvió hacia el ingeniero—. ¿A este lo había visto antes?

El hombre negó con la cabeza. Al hacerlo dejó al descubierto un moretón en la barbilla que a Denis no le pasó desapercibido. No disimuló sus recelos y lanzó una mirada de indignación a los agentes, que se apresuraron a dejar claro que no habían tenido nada que ver con aquella lesión, no sin antes dejar escapar unas risillas que no le hicieron la menor gracia.

—Denis… Dumont. ¿Conocía usted a Christine Roux?

Tuvo que pensárselo antes de contestar. Se referían a la auxiliar de seguridad a la que tenían esposada unas plantas más arriba.

—Apenas de vista.

—¿Le requirió usted alguna vez que le dejase pasar a zonas restringidas de esta terminal?

—No.

Mejor ser tajante.

—¿Y recuerda si se lo ofreció ella?

No le convenía que lo pillasen en una mentira. Denis soltó un hondo suspiro y dijo la verdad.

—Sí. Me propuso dejarme pasar a una de las plataformas de control del sector noroeste, pero no acepté.

El gendarme raso permanecía quieto delante de la puerta, con el arma bien sujeta entre las manos. El teniente, por su parte, buscó con la mirada a la oficial. Ninguno tenía pinta de acabar de dar por buena la versión de Denis, pero no insistieron. Tan solo formularon una cuestión más acerca de la auxiliar.

—Denis Dumont, ¿mantenía usted o ha mantenido en algún momento una relación íntima con Christine Roux?

La sola pregunta le ofendió. Tuvieron que notárselo. Hasta él se dio cuenta de que había dado un pequeño bote sobre la silla. Debieron creerle, porque no volvieron sobre el asunto.

—¿Y alguien, no necesariamente Christine Roux, le propuso intentar acceder al bucle inestable? —Fue el teniente quien continuó con el interrogatorio—. Ha generado mucho interés entre el personal de la terminal. Un hombre como usted, cultivado y con inquietudes, debió sentir curiosidad. No me diga que no.

—¿Acceder al bucle? Eso es una locura. Ese bucle siempre ha sido un peligro. Además, no se puede acceder a los bucles si no se activan antes desde las plataformas de control.

No había acabado de pronunciar estas palabras cuando, al fijarse de nuevo en las magulladuras del ingeniero, una hipótesis aún más retorcida que las anteriores empezó a tomar forma en su cabeza. No quería ni planteárselo, pero estaba a punto de constatarla.

—Denis Dumont, ¿mantiene o ha mantenido usted una relación íntima…?

No esperó ni a que terminase de formular la pregunta para pegar un golpe en la mesa y resoplar harto de insinuaciones sin fundamento. La comandante no se dejó achantar por aquella repentina expresión de hastío. El gendarme hasta se puso en guardia, aunque de esto Denis apenas se percató. Mientras tanto, el teniente, inmutable, terminó de hablar sin perder la calma ni un cierto deje desdeñoso.

—¿…una relación íntima con la observadora Viviane Vallot?

Habría sido más fácil si no se hubiera esperado aquel giro en el interrogatorio, porque, a decir verdad, Denis llevaba un rato temiendo que el nombre de Viviane saliese a relucir.

—Eso… es personal.

La respuesta fue tan tonta y la dio de una forma tan entrecortada que a nadie pudo caberle duda de que, efectivamente, habían sido amantes. En una situación diferente, no habría consentido que lo trataran así, pero no podía levantarse, recordarles que no tenía ninguna obligación de colaborar con ellos y dejarlos con dos palmos de narices. No por mucho que se estuviera muriendo de ganas de hacerlo. Antes tenía que averiguar qué había ocurrido allí, por mucho miedo que le diera que se confirmaran sus temores. Procuró sosegarse, tomar aire y, una vez que se vio capaz de elaborar los argumentos oportunos, se dirigió al ingeniero.

—No conozco a mucha gente tan trastornada como para arrimarse a ese bucle, y mucho menos para tratar de ponerlo en marcha. Es cierto que hablábamos de él y que circulaban chismorreos, aunque la mayoría tenían que ver con el dineral que había hecho perder a los inversores y con el despido de un par de consejeros delegados a los que les habían cargado el muerto…

Había pronunciado aquellas palabras casi sin querer, en un contexto distinto del habitual y sin referirse a la persona a la que normalmente aludía con ellas: «El muerto». Tuvo que recomponerse antes de proseguir.

—Tanto secretismo no ha hecho más que estimular las teorías más disparatadas. Se ha escuchado de todo por aquí, ¿saben? En la cantina, en los vestuarios… Hasta que el bucle podría acabar dando lugar a una especie de agujero negro y tragarnos a todos.

Al ingeniero se le relajó por vez primera el rictus y hasta se le asomó a los labios algo parecido a una sonrisa. El dislate le había hecho suficiente gracia como para arrancarlo de su estado casi catatónico. Denis estuvo al quite y no dejó pasar la oportunidad. Sabía que era el único del que obtendría una información que no estaba del todo seguro de querer conseguir.

—Los mediadores ni siquiera sabíamos la extensión que tenía ni de qué año lo habían extraído.

—Dura unos doce meses y se extrajo de una línea-mundo desgajada a partir de la primavera de 1877 —lo sacó de dudas.

—Y no es probable que se convierta en un agujero negro, ¿verdad?

El ingeniero hasta se permitió soltar una risilla de condescendencia antes de darle una explicación mucho más plausible.

—Existía la posibilidad de que acabase ocurriendo esto: que se retorciera hasta cerrarse del todo. Algunos de los investigadores que vinieron a estudiarlo calcularon que podría pasar, aunque ni ellos saben dar cuenta de en qué ha devenido el bucle exactamente. ¿Una singularidad espaciotemporal? ¿Una gigantesca rueda impenetrable que girará para siempre sobre sí misma? ¿Una trampa mortal? Algunos apuntaron una posibilidad nada remota: que el bucle se haya estabilizado ahora que ha adoptado su estado definitivo y que esté funcionando por sí solo, sin necesidad de que lo activemos desde la plataforma. Tiene sentido, si lo piensa —se explayó el ingeniero, que se había olvidado de su dolorido mentón y sentía que por fin alguien era capaz de entender lo que decía—. El resto de bucles precisan de una condición de inicio y otra de fin para funcionar. Este no. Es un círculo completo que podría reiniciarse sin necesidad de intervención externa una vez que concluya cada ciclo.

A Denis se le había quedado clavada en la cabeza la fecha que le había dado el ingeniero. Primavera de 1877. Resonaba en sus oídos con tanta fuerza que a punto estuvo de mandar callar al teniente cuando intervino en la conversación.

—La Subsecretaría General de Gestión de Crisis se encargará de eliminar esta anomalía, descuiden. La harán bombardear, si es menester.

El ingeniero no contuvo la carcajada seca que le provocó semejante bravata. Destruir el círculo no sería fácil ni barato. Lo primero no tenía por qué suponer un obstáculo; lo segundo haría torcer el gesto a más de un director ejecutivo. Y eso por no mencionar los daños que podrían causarse a la terminal. Aquel módulo, y en consecuencia el bucle, formaba parte de una estructura subterránea muy compleja, dotada de sistemas de ventilación, ejes de acceso, intrincados túneles de transporte e innovadores sistemas de comunicación. No iban a arriesgar todo eso para librarse de una anomalía que seguramente no causaría molestias mientras no intentaran manipularla.

—Entonces —retomó Denis el hilo sin apartar la vista del bucle—, en ese círculo podría estar desarrollándose una línea-mundo alternativa que comienza en la primavera de 1877 y termina en la de 1878.

—No, no —se apresuró a precisar el ingeniero—. No termina. Se reinicia. Vuelve…

—Vuelve a empezar —se anticipó Denis—. Es posible que lo que esté aconteciendo ahora mismo en esta primera rotación vaya a repetirse indefinidamente, o al menos mientras el círculo siga rotando, en una sucesión de ciclos idénticos entre sí.

—¿Es usted físico teórico o algo así?— le preguntó el teniente, impresionado por la vehemencia con la que se había expresado.

—Solo soy un mediador observacional, agente.

Al oficial se le notó que le había molestado que se refiriera a él como si no fuera más que un gendarme raso, pero no cayó en la trampa de corregirlo. Tampoco pudo ponerlo en más aprietos. No se le imputaba cargo alguno.

Ni siquiera era sospechoso. Estaba claro quién —quiénes— habían sido las responsables del desaguisado.

Solo para cerciorarse, Denis se dirigió una última vez al ingeniero antes de abandonar el módulo.

—Pega fuerte, ¿verdad? La chica, digo. No la auxiliar de seguridad, la otra.

Al principio no entendió muy bien a qué se refería, pero luego se llevó los dedos al hematoma y balbuceó unas pocas palabras que acabaron de confirmar lo que sospechaba.

—Yo… Ella… no fue agresiva cuando entraron, pero luego… —Buscó con la mirada la aprobación de la comandante antes de continuar—. Luego me obligó a activar el bucle. Me negué, como es natural, hasta que le quitó la defensa eléctrica a la vigilante y me atizó con ella. Creo que nos habría matado a palos a los dos si no la hubiera obedecido.

No le faltaba razón al creer que así habría sido, pero eso Denis no iba a decirlo en voz alta. ¿Para qué? Mejor dejarse escoltar en silencio hasta la salida, primero en el elevador y luego por los corredores de la terminal. Christine Roux ya no estaba allí; quizás se la hubieran llevado a alguna oficina para interrogarla con más calma, o quizás ya estuviera en la parte de atrás de un furgón, camino de la comisaría o del juzgado. No le aguardaba un futuro agradable; eso podía tenerlo por cierto.

La última parte del recorrido de vuelta al exterior, a bordo de la lanzadera, la hizo ya en solitario. Los gendarmes no debieron considerar conveniente que nadie viera a Denis Dumont abandonando la terminal mientras lo escoltaba un agente con la envergadura de un gorila.

Aunque no tenían nada contra él, sabía demasiado acerca de un incidente al que las autoridades preferirían dar tan poca publicidad como fuera posible. A veces Denis podía pecar de quejica y hasta de cascarrabias, pero no tenía un pelo de tonto. Daba por hecho que ya le habrían intervenido el teléfono y que habrían colocado media docena de micrófonos parabólicos apuntando hacia su apartamento. Allá ellos. Si confiaban en recabar así alguna información que les fuera a ser de utilidad, era porque no hacían más que dar palos de ciego.

Por supuesto que habría podido sentarse con la comandante y el teniente, pedirles que le sirvieran una taza de café y, después de pegarle dos sorbos, relatarles la verdad de todo lo acontecido en la terminal B de París-Île-de-France. El problema era que no le habrían creído, o sencillamente no les habría resultado de interés. La versión de los hechos que él podría haberles ofrecido les habría defraudado, ansiosos como debían hallarse por desvelar una sofisticada trama de espionaje industrial o terrorismo. Dinero o poder. A nadie se le habría pasado por la cabeza que, detrás de un acto en apariencia suicida como el que allí se había llevado a cabo, lo que había era una obsesión que alguien habría podido confundir con ese sentimiento irrefrenable que subyuga a algunos desgraciados y al que suele llamarse amor.

Viviane había sucumbido a ese sentimiento y lo había pagado, acaso con la vida. No era descartable que todo cuanto hubiera entrado en el bucle justo antes de cerrarse se hubiera desvanecido sin más, como el viento nocturno entre la hierba de la roca. Pero tampoco lo era que el bucle —ahora un círculo completo— hubiera devenido casi por arte de magia en una suerte de línea-mundo en miniatura en la que el tiempo no solo no fuera infinito, sino que estuviera acotado entre la primavera de 1877 y la de 1878. Un lapso muy restringido, aunque suficiente para que una joven con una idea fija se dirigiera a la Gare de l'Est, tomara un tren con destino a Frankfurt, realizara un par de trasbordos y llegara a Jena. Un viaje que, a finales del siglo XIX, le tomaría un par de días; tres a lo sumo. Todavía le quedarían muchos más para encontrar a un estudiante con ínfulas de poeta, conseguir que se enamorase de ella y disfrutar de una felicidad inmensa que habría de repetirse por siempre jamás.

Una apuesta arriesgada en extremo, pero con una recompensa por la que Viviane lo había sacrificado absolutamente todo.

No le correspondía a Denis juzgarla, por descontado. No pudo evitar sentir una punzada de envidia al imaginársela como deseaba hacerlo, viajando en un tren, vistiendo un ridículo traje con adornos de encaje y botitas puntiagudas, recluida para siempre en un mundo que no le correspondía, pero que había tenido la audacia de elegir. Viviane había tomado una decisión a sabiendas de que, fueran cuales fueran las consecuencias, viviría con ellas no una, sino infinitas vidas idénticas, una tras otra en un ciclo interminable. Y, aun así, había reunido el coraje para seguir los dictados de su corazón.

Lo menos que se merecía, pensó Denis, era que a partir de entonces la imaginara así, rumbo a Jena, en pos de un sueño imposible y resuelta a ser eternamente feliz.

Un círculo completo
de BEATRIZ ALCANÁ
terminó de imprimirse el día
30 de septiembre del año 2024.